21世纪高等学校计算机规划教材

21st Century University Planned Textbooks of Computer Science

程序设计基础实践教程（C语言）

Practices Course for Programming Foundation (C Language)

杨有安　曹惠雅　陈维　　编
　　　　鲁丽　徐欣欣

高校系列

人民邮电出版社

北京

图书在版编目（CIP）数据

程序设计基础实践教程：C语言 / 杨有安等编. —北京：
人民邮电出版社，2009.2
21世纪高等学校计算机规划教材
ISBN 978-7-115-19379-7

I. 程… Ⅱ.杨… Ⅲ.C语言－程序设计－高等学校－
教材 Ⅳ.TP312

中国版本图书馆CIP数据核字（2008）第210914号

内 容 提 要

　　本书是《程序设计基础教程（C 语言）》一书的配套教材。全书针对主教材有关 C 语言的基本概念、变量、运算符、表达式、顺序结构、分支结构、循环结构、数组、函数、指针、结构体、联合体和枚举类型、预处理和标准函数、文件、数据结构和数据抽象等章节的重点与难点进行总结，对重点难点题型进行分析，并附加各种题型的练习，以此帮助读者加深对 C 语言程序设计基础知识的理解。本书最后一部分为上机实验，每个实验包括目的与要求及实验内容，以此帮助读者提高程序设计能力。

　　本书与《程序设计基础教程（C 语言）》互为补充，相辅相成，对读者理解教学内容，掌握程序设计的基本知识，提高程序设计的应用能力十分有益。

　　本书适合作为高等学校"C 语言程序设计"课程的辅导教材，也可作为等级考试辅导教材的自学用书。

21 世纪高等学校计算机规划教材
程序设计基础实践教程（C 语言）

◆ 编　　　　杨有安　曹惠雅　陈维　鲁丽　徐欣欣
　　责任编辑　滑　玉
　　执行编辑　武恩玉

◆ 人民邮电出版社出版发行　　北京市崇文区夕照寺街 14 号
　　邮编　100061　　电子函件　315@ptpress.com.cn
　　网址　http://www.ptpress.com.cn
　　北京楠萍印刷有限公司印刷

◆ 开本：787×1092　1/16
　　印张：9.75
　　字数：252 千字　　　　　　　　2009 年 2 月第 1 版
　　印数：1 - 3 000 册　　　　　　　2009 年 2 月北京第 1 次印刷

ISBN 978-7-115-19379-7/TP

定价：19.00 元
读者服务热线：**(010)67170985**　印装质量热线：**(010)67129223**
反盗版热线：**(010)67171154**

前　言

程序设计课程是高等院校计算机基础教育的重要课程之一。这门课程可以让学生了解程序设计的思想和方法，掌握高级语言程序设计的基本知识，提高问题求解和程序语言的应用能力。

本书是《程序设计基础教程（C 语言）》一书的配套教材，两者互为补充，相辅相成。本书按照《程序设计基础教程（C 语言）》一书的章节顺序，对各章重点与难点进行了总结，对重点难点题型进行了分析，并附有大量的练习，以此帮助读者加深对 C 语言程序设计基础知识的理解。每章结束部分均附有参考答案，方便读者进行自测。

全书分为两部分。第一部分是《程序设计基础教程（C 语言）》一书的辅导、实践，包括各章的知识要点，内容形式有重点与难点解析、测试题（单项选择题、填空题、编程题、测试题参考答案）等；另外，部分习题解答对《程序设计基础教程（C 语言）》一书的各章习题提供了单数题号题的参考答案。第二部分是上机实验内容，提供了学习本课程应当进行的 14 个上机实验，这些实验均与教学内容相对应。每个实验包括目的与要求及实验内容，以此帮助读者提高实际程序设计能力，形成良好的程序设计风格和习惯。

本书适合作为高等学校"C 语言程序设计"课程的辅导教材，也可作为等级考试辅导教材和从事计算机应用的科技人员的自学用书。

全书第一部分分为 11 章，其中第 1、2 章由曹惠雅编写，第 3、4 章由徐欣欣编写，第 5、6 章由杨有安编写，第 7、9、11 章由陈维编写，第 8、10 章由鲁丽编写。各位编者在第二部分还编写了相应的上机实验。杨有安负责全书统稿工作。

由于编者水平有限，书中难免存在疏漏和不足之处，敬请读者批评指正。

编　者

2008 年 11 月

目　录

第二部分　上机实验

第一部分
辅导、实践

第1章
C语言概述

1.1 知 识 要 点

1. 了解 C 语言的发展及其特点。
2. 掌握 Visual C++ 6.0 的安装、启动和退出方法。
3. 熟练掌握在 Visual C++ 6.0 集成开发环境下编辑、编译、连接和运行一个 C 语言源程序的步骤。
4. 通过运行简单的 C 语言程序，初步了解 C 语言源程序的组成和结构特点。

1.2 重点与难点解析

【例题 1-1】以下说法中，不正确的是（　　　）。

A. C 语言程序中必须有一个 main()函数，从 main()函数的第一条语句开始执行

B. 非主函数都是在执行主函数时，通过函数调用或嵌套调用而执行

C. C 语言程序中的 main()函数必须放在程序的开始位置

D. C 语言程序中的 main()函数位置可以任意指定

【解析】本题旨在考核 main()函数的作用，以及 main()函数在程序中出现的位置。一个完整的 C 语言程序有且仅有一个主函数（main()函数）。程序总是从 main()函数的第一条语句开始执行，到 main()函数的最后一条语句结束，其他函数都是在执行 main()函数时，通过函数调用或嵌套调用而得以执行的。C 语言规定，main()函数在程序中的位置可以是任意的。

【正确答案】C

【例题 1-2】下列各选项中，属于 C 语言程序中语句的是（　　　）。

A. a=b+c 　　　　B. #include<stdio.h> 　　　　C. /*c programe*/ 　　　　D. a=2;

【解析】本题旨在考查对 C 语言中语句概念的理解。选项 A 中表达式的末尾没有分号，因此只能代表一个赋值表达式；选项 B 中以 # 开头的是编译预处理命令的文件包含；选项 C 以/*开头并以*/结束，这是 C 语言程序中的注释部分，是不会被执行的；只有选项 D 为一正确的赋值语句。

【正确答案】D

【例题 1-3】C 语言中用于结构化程序设计的 3 种基本结构是（   ）。

A. 顺序结构、选择结构、循环结构 B. if,switch,break

C. for,while,do-while   D. if,for,continue

【解析】结构化定理表明，任何一个复杂问题的程序设计都可以用顺序结构、选择结构和循环结构这 3 种基本结构组成，且它们都具有以下特点：只有一个入口；只有一个出口；结构中无死循环，且程序中 3 种基本结构之间形成顺序执行关系。

【正确答案】A

【例题 1-4】以下叙述中正确的是（   ）。

A. C 语言比其他语言高级

B. C 语言可以不用编译就能被计算机识别执行

C. C 语言以接近英语国家的自然语言和数学语言作为语言的表达形式

D. C 语言出现的最晚，具有其他语言的一切优点

【解析】C 语言的表达形式接近英语国家的自然语言和数学语言，由 C 语言编写的源程序必须经过编译和连接后才能被计算机识别执行。继 C 语言之后又出现了多种高级语言。

【正确答案】C

【例题 1-5】下列选项中不属于结构化程序设计方法的是（   ）。

A. 自顶向下 B. 逐步求精 C. 模块化   D. 可复用

【解析】结构化程序设计方法的主要原则是：自顶向下，逐步求精，模块化，限制使用 goto 语句。可复用性是指软件元素不加修改或稍加修改便可在不同的软件开发过程中重复使用的性质。软件可复用性是软件工程追求的目标之一，是提高软件生产效率的最主要方法。面向对象的程序设计具有可复用性的优点。

【正确答案】D

【例题 1-6】以下叙述中错误的是（   ）。

A. C 语言源程序经编译后生成后缀为."obj"的目标程序

B. C 程序经过编译、连接步骤之后才能形成一个真正可执行的二进制机器指令文件

C. 用 C 语言编写的程序称为源程序，它以 ASCII 代码形式存放在一个文本文件中

D. C 语言中的每条可执行语句和非执行语句最终都将被转换成二进制的机器指令

【解析】并不是源程序中的所有行都参加编译。在条件编译形式下，相关内容只在满足一定条件时才进行编译。选项 D 中的非执行语句不在其范围内。

【正确答案】D

【例题 1-7】以下叙述中正确的是（   ）。

A. 预处理命令行必须位于 C 源程序的起始位置

B. 在 C 语言中，预处理命令行都以 "#" 开头

C. 每个 C 程序必须在开头包含预处理命令行：#include<stdio.h>

D. C 语言的预处理不能实现宏定义和条件编译的功能

【解析】预处理命令可以放在程序的任何位置，其有效范围是从定义开始到文件结束。预处理命令有宏定义、文件包含和条件编译 3 类。<stdio.h>只是其中的一个文件，并不是说每次预处理命令都须用此文件。

【正确答案】B

【例题 1-8】以下 4 个程序中，完全正确的是（　　　）。

A.
```
#include<stdio.h>
void main();
{
/*programming*/
printf("programming! \n");
}
```

B.
```
#include<stdio.h>
void main()
{
  /*programming*/
  printf("programming! \n");
  }
```

C.
```
#include<stdio.h>
void main()
{
    */*programming*/*
    printf("programming! \n");
  }
```

D.
```
include<stdio.h>
void main()
{ /*programming*/
  printf("programming! \n");
}
```

【解析】选项 A 中 void main()后的分号是多余的，不能有分号；选项 C 的注释语句多了两个*号；选项 D 的 include 前面没有#。

【正确答案】B

【例题 1-9】C 语言源程序必须通过（　　　）和（　　　）后才可投入运行。

【解析】计算机硬件不能直接执行 C 语言源程序，必须由一个称为编译程序的系统软件先将其翻译成二进制目标程序，之后再经过连接才可使程序生成为在计算机上可以执行的可执行程序，也只有这时 C 语言源程序才可投入运行。

【正确答案】编译　连接

【例题 1-10】试分析以下 C 源程序的错误在于（　　　）。

```
#include<stdio.h>;
void main();
{;
```

```
    printf("Good morning!\n");
};
```

【解析】C语言规定：C源程序中每一个说明和每一个语句都必须以分号结尾。但是预处理命令、函数头和花括号"{"、"}"之后不能加分号。

【正确答案】预处理命令、函数头和花括号"{"、"}"之后不能加分号。

1.3　测　试　题

1.3.1　单项选择题

1.（　　）不是C语言的特点。

    A. 语言的表达能力强　　B. 语法定义严格　　C. 数据结构类型丰富　　D. 控制流程结构化

2. C语言规定：在一个源程序中，主函数的位置（　　）。

    A. 必须在最开始　　　　　　　　B. 必须在系统调用的库函数后面

    C. 可以任意　　　　　　　　　　D. 必须在最后

3. 以下叙述中，正确的是（　　）。

    A. 在对一个C语言程序进行编译的过程中，可发现注释中的拼写错误

    B. C语言源程序不必通过编译就可以直接运行

    C. C语言源程序经编译形成的二进制代码可以直接运行

    D. 在对C语言程序进行编译和连接的过程中都可能发现错误

4. C语言中可以处理的文件类型是（　　）。

    A. 文本文件和数据文件　　　　　B. 二进制文件和数据文件

    C. 文本文件和二进制文件　　　　D. 数据代码文件

5. 以下描述错误的是（　　）。

    A. 在程序中凡是以"#"开始的语句行都是预处理命令行

    B. 预处理命令行的最后不能以分号表示结束

    C. #define PI 是合法的宏定义命令行

    D. C语言对预处理命令行的处理是在程序执行的过程中进行的

6. C语言程序的执行是（　　）。

    A. 从程序的主函数开始，到程序的主函数结束

    B. 从程序的主函数开始，到程序的最后一个函数结束

    C. 从程序的第一个函数开始，到程序的最后一个函数结束

    D. 从程序的第一个函数开始，到程序的主函数结束

7. 下面说法正确的是（　　）。

    A. 一个C语言程序可以有多个主函数

    B. 一个C语言的函数只允许有一对花括号

    C. C语言程序的书写格式是自由的，一个语句可以写在一行内，也可以写在多行内

    D. 在对C语言程序进行编译时，可以发现注释行中的拼写错误

8. 以下说法不正确的是（　　）。

　　A. C 语言程序是以函数为基本单位的，整个程序由函数组成

　　B. C 语言程序的一条语句可以写在不同的行上

　　C. C 语言程序的注释行对程序的运行功能不起作用，所以注释应尽可能少写

　　D. C 语言程序的每个语句都以分号结束

9. 一个完整的 C 语言源程序是（　　）。

　　A. 由一个主函数（或）一个以上的非主函数构成

　　B. 由一个且仅有一个主函数和零个以上（含零）的非主函数构成

　　C. 由一个主函数和一个以上的非主函数构成

　　D. 由一个且只有一个主函数或多个非主函数构成

10. C 语言的程序在一行写不下时，可以（　　）。

　　A. 用逗号换行　　　　　　　　　　B. 用分号换行

　　C. 任意一个空格处换行　　　　　　D. 用回车符换行

1.3.2　填空题

1. C 语言程序的执行在①函数中开始，在②函数中结束。

2. 在 C 语言程序中，每个语句的后面都要加上一个①，它是一个语句的结束标志。

3. 用 C 语言编写的程序称为①。

4. C 语言源程序中的注释部分以①开始，以②结束。

5. C 语言程序的基本单位是①。

6. printf 函数的功能是①。

7. C 语言的数据类型有①、②、③、④、⑤、⑥、⑦等，能用来实现各种复杂的数据类型的运算。

8. Visual C++ 6.0 集成开发环境是一个基于①操作系统的可视化、面向对象的集成开发环境。

9. 在 Visual C++ 6.0 集成开发环境下，C 语言源程序的扩展名是①，目标程序文件的扩展名是②，可执行程序文件的扩展名是③。

10. C 语言源程序的上机步骤分为①、②、③和④4 个阶段。

1.3.3　编程题

编写一个 C 语言源程序，输出以下信息：

```
* * * * * * * *
I am a student!
* * * * * * * *
```

1.3.4　测试题参考答案

【1.3.1 单项选择题参考答案】

1. B　2. C　3. D　4. A　5. D　6. A　7. C　8. C　9. B　10. C

【1.3.2 填空题参考答案】

1. ① 主　② 主

2. ①;

3. ① C 语言源程序（或 C 程序）。

4. ① /*　② */

5. ① 函数

6. ① 将输出的内容送到显示器显示

7. ① 整型、② 实型、③ 字符型、④ 数组类型、⑤ 指针类型、⑥ 结构体类型、⑦ 联合体类型

8. ① Windows

9. ① .cpp　② .obj　③ .exe

10. ① 编辑　② 编译　③ 连接　④ 运行

【1.3.3 编程参考答案】

程序如下：

```c
#include<stdio.h>
void main()
{
  printf("**********\n");
  printf("I am a student!\n");
  printf("**********\n");
}
```

1.4　部分习题解答

【习题 1.1】简述 C 语言的特点。

答：C 语言的特点：C 语言简洁、紧凑、使用灵活、方便；运算符丰富；数据结构丰富；C 是结构式语言；C 语法限制不太严格，程序设计自由度大；C 语言允许直接访问物理地址；C 语言程序生成代码质量高；C 语言适用范围大，可移植性好。

【习题 1.3】简述上机运行 C 程序的操作步骤。

答：上机运行 C 语言程序的操作步骤为：启动 Visual C++ 6.0→建立工程→创建源程序文件→输入（编辑）源程序内容→保存源程序文件→编译源程序文件→执行程序→开始另一个程序。

【习题 1.5】参照本章例题，编写一个 C 程序，输出以下信息：

```c
/*c1_5.c*/
**********
Hello World!
**********
```

编写程序如下：

```c
#include<stdio.h>
void main()
{
  printf("**********\n");
  printf("Hello World!\n");
  printf("**********\n");
}
```

第2章
基本数据类型和运算符

2.1　知　识　要　点

1. 理解 C 语言数据类型的概念，掌握基本数据类型变量的定义方法及其初始化。
2. 学会使用 C 语言的算术运算符，熟练掌握 C 语言算术表达式的书写方法及其运算。
3. 熟练掌握不同类型数据之间运算时数据类型的转换规则。
4. 了解关系表达式、逻辑表达式和逗号表达式及其运算。
5. 进一步熟悉 C 程序的编辑、编译、连接和运行的过程。

2.2　重点与难点解析

【例题 2-1】假设已有定义：int a=6,b=7,c=8;，则执行语句：c=(a/4)+(b=5);后，变量 b 的值是
（　　　）。

A. 7　　　　　　　　B. 3　　　　　　　　C. 4　　　　　　　　D. 5

【解析】在 C 语言中，运算符和表达式的种类较多，务必严格区分赋值语句和赋值表达式，另赋值表达式可以出现在其他表达式中，完成赋值和计算功能。本题中赋值运算符右边出现的 b=5 先完成变量 b 的赋值后，再将 b=5 的值参与到表达式(a/4)+(b=5)的计算中去。

【正确答案】D

【例题 2-2】下面程序的输出结果是（　　　）。

```
#include<stdio.h>
void main()
{
    int i=010,j=10;
    printf("%d,%d",++i,j--);
}
```

A. 11,10　　　　　　B. 9,10　　　　　　C. 010,9　　　　　　D. 10,9

【解析】程序中 i 的值用八进制表示（十进制为 8），i 是在变量使用前自身先加 1，而 j--是在变量使用后自身减 1。

【正确答案】B

【例题 2-3】下面可以作为 C 语言用户标识符的一组是（　　）。

A. void　define　WOR
B. a3_b3　_123　IF
C. for　－abc　case
D. 2a　D0　sizeof

【解析】在 C 语言中，合法的标识符可以由字母、数字和下划线组成，其中关键字不能作为用户的标识符，且开头的第一个字符必须为字母或下划线。选项 A 中 void 为关键字；选项 C 中 for 和 case 为关键字；选项 D 中 sizeof 为关键字。

【正确答案】B

【例题 2-4】以下选项中不属于 C 语言的类型的是（　　）。

A. signed short int
B. unsigned long int
C. unsigned int
D. long short

【解析】选项 A 为无符号短整型，选项 B 为无符号长整型，选项 C 为无符号整型，而选项 D 的类型在 C 语言中不存在。

【正确答案】D

【例题 2-5】下面不正确的赋值语句是（　　）。

A. a++;　　　　B. a==b;　　　　C. a=b;　　　　D. a=1, b=1;

【解析】C 语言中赋值语句是由赋值表达式加“;”构成的。赋值表达式的形式为：变量=表达式。选项 A 中 a 相当于 a+1，是赋值语句；选项 C 和选项 D 也是赋值语句。只有选项 B 不是，因为选项 B 中“==”符号是等于的意思，并不是赋值运算符。

【正确答案】B

【例题 2-6】若有定义：int a=8,b=5,c;，执行语句 c=a/b+0.4;后，c 的值为（　　）。

A. 1.4　　　　B. 1　　　　C. 2.0　　　　D. 2

【解析】在表达式中根据运算的结合性和运算符的优先级，首先计算的是 a/b(8/5=1)，再将 1.4 赋值给 c，由于 c 为整型变量，所以要将 1.4 转换为整型，即舍弃小数位（c 的值变为 1）。

【正确答案】B

【例题 2-7】已知 int x=5;double y;，当执行赋值语句 y=(double)x;后，变量 x 的数据类型为（　　）。

A. int　　　　B. float　　　　C. double　　　　D. char

【解析】在 C 语言中，变量一经定义，其数据类型在其作用域中是不能随意改变的，能够改变的只是参与运算的变量的值，故选 A。

【正确答案】A

【例题 2-8】以下程序的输出结果是（　　）。

```
#include<stdio.h>
void main()
```

```
{
    int a=5,b=4,c=6,d;
    printf(("%d\n",d=a>b?((a>c?a:c):b));
}
```

  A. 5   B. 4   C. 6   D. 不确定

  【解析】在 C 语言中条件表达式（如：a>c?a:c）的计算规则为：如果 a>c 为真，那么表达式的值为 a 的值；否则表达式的值为 c 的值。本题中的 printf() 函数中的输出表达式，首先计算括号内的条件表达式，它的值为 6（因 a>c?a:c 中 a>c 即 5>6 为假故该表达式的值为 c 的值即为 6），然后再计算外面条件表达式（等价于 a>b?6:b）的值，同理可得该表达式的值为 6，将值 6 赋值给 d，因此最后输出该表达式的值为 6。

  【正确答案】C

  【例题 2-9】以下程序的输出结果是（   ）。

```
#include<stdio.h>
void main()
{
    int a=5,b=4,c=3,d;
    d=(a>b>c);
    printf("%d\n",d);.
}
```

  【解析】关系运算符 ">" 的结合方式是从左向右的，所以在本题中的表达式 a>b>c；从左向右开始运算，a>b 的结果为 "1"，接着执行 1>c，结果为 0。

  【正确答案】0

  【例题 2-10】下列各选项中可以作为合法的赋值语句的是（   ）。

  A. a=2,b=5   B. a=b=c=5   C. a++;   D. a=int(b)

  【解析】选项 A 和 B 的赋值作用并没有错，只是它们后面没有以分号结束，所以不能作为语句；选项 D 中的强制转换的关键字 int 没有用括号括起来，这在语法上是错误的，选项 A 使用了自增运算符++，相当于 a=a+1，且其后有分号，故是合法的赋值语句。

  【正确答案】C

2.3   测   试   题

2.3.1   单项选择题

1. 以下不正确的 C 语言自定义标识符是（   ）。

  A. 2a_b   B. _123abc   C. d1_o2   D. abc_123

2. 以下不是 C 语言规定的关键字的是（   ）。

  A. int   B. char   C. programe   D. double

3. 在 C 语言中，以下错误的常数表示是（   ）。

  A. 0x5b   B. 0   C. 'a'   D. 'ab'

4. 以下描述不正确的是（　　　）。

    A. C 语言中的常量包含整型常量、实型常量、字符常量和字符串常量

    B. 整型常量在 C 语言中有十进制、八进制和十六进制 3 种不同的形式

    C. C 语言中，所有变量使用前都必须先定义

    D. 变量被定义后，变量名是固定的，变量的值在程序运行过程中也是不可改变的

5. 设 float i;，由键盘输入：123.4，能正确读入数据的输入语句是（　　　）。

    A. scanf("%d",&i)　　　　　　　　　　B. scanf("%f",&i);

    C. scanf("%c",i);　　　　　　　　　　 D. scanf("%s",&i);

6. 在 C 语言中，要求运算对象必须是整型的运算符是（　　　）。

    A. =　　　　　　　 B. %　　　　　　　 C. ||　　　　　　　 D. &

7. 有以下程序：

```c
#include <stdio.h>
void main()
{
  int m=3,n;
  n=5;
  printf("%d%d",m++,++m);
  printf("%d%d",++n,n++);
}
```

程序运行后的输出结果是（　　　）。

    A. 3566　　　　　 B. 4556　　　　　 C. 3456　　　　　 D. 4656

8. 已知 int i,a;，执行语句 "i=(a=2*4,a*3),a+5;" 后，变量 i 的值为（　　　）。

    A. 13　　　　　　 B. 24　　　　　　 C. 8　　　　　　　 D. 29

9. 下列定义中不正确的是（　　　）。

    A. int i,j;　　　　 B. int i=2,j=3;　　　 C. int i=j=2;　　　　 D. int i;int j;

10. 将整型变量 a，b 中的较大数赋值于整型变量 c，下列语句中正确的是（　　　）。

    A. (a>b)?c=a:c=b;　　　　　　　　　 B. c=(a>b)?a:b;

    C. c=a>b,a<b　　　　　　　　　　　 D. c=(a<b):a:b

2.3.2　填空题

1. 在 C 语言中，在定义变量的同时给变量赋值称为①。

2. 定义：double x=2.5,y=4.6;，则表达式(int)x*0.5 的值是①，表达式 y+=x++的值是②。

3. 定义：int i=3,j=4;，则表达式 i=(i=7,j=3,i−j)的值是①。

4. 在 C 语言中，合法标识符的第一个字符必须是①。

5. 定义整型变量的关键字是①，定义实型变量的关键字是②，定义字符型变量的关键字是③。

6. 假设整型变量 x=5，那么表达式(!x)==(x!=0)的值为①。

7. 请写出定义整型变量 a，b，c，并为这 3 个变量均赋初值为 2 的语句：①。

8. 以下程序的输出结果为①。

```c
#include<stdio.h>
void main()
```

```
{
    printf("%f,%4.2f\n",3.14,3.1415);
}
```

9. 若已有定义 int i; float x; char ch1;，为使变量 i=5,x=18.25,ch1='A'，则对应 scanf 函数调用语句的数据输入形式是①。

10. 已有定义：char c=' ';int a=1,b;（此处 c 的初值为空格字符）。执行 b=!c&&a;后 b 的值为①。

2.3.3　编程题

1. 将小写字母 a 转换成大写字母 A 输出。

2. 通过键盘输入一实数，求其正弦值并输出。

3. 假设我国 1995 年工业产值为 100，以 12%的年增长率计算到 2008 年时的工业产值。

4. 已知圆的半径为 r（r 是一个可变的量），求圆的面积和周长。

2.3.4　测试题参考答案

【2.3.1 单项选择题参考答案】

1. A　2. C　3. D　4. D　5. B　6. B　7. A　8. B　9. C　10. B

【2.3.2 填空题参考答案】

1. ① 变量的初始化

2. ① 1.000000　② 7.100000

3. ① 4

4. ① 英文字母或下划线

5. ① int　② float　③ char

6. ① 0

7. ① int a=5,b=5,c=5;

8. ① 3.14,3.14

9. ① scanf("%d%f%c",&i,&x,&ch1);

10. ① 0

【2.3.3 编程题参考答案】

1. 程序如下：

```
#include <stdio.h>
void main( )
{
    char ch1,ch2';
    ch1='a';
    ch2='a'-'A';
    printf("%c",ch1-ch2);
}
```

2. 程序如下：

```c
#include<stdio.h>
#include<math.h>
void main()
{
   double x,s;
   printf("Input a angle:");
   scanf("%lf",&x);
   s=sin(x*3.14159/180.0);
   printf("sine of %lf is %lf\n",x,s);
}
```

3. 程序如下：

```c
#include<stdio.h>
#include<math.h>
void main()
{
   int n;
   float r,value;
   n=2008-1995;
   r=0.12;
   value=100*pow(1.0+r,(float)n);
   printf("2008 年的工业产值为%f\n",value);
}
```

4. 程序如下：

```c
#include<stdio.h>
#define PI 3.14159
void main()
{
   float r,area,s;
   printf("请输入圆的半径 r=");
   scanf("%f",&r);
   area=PI*r*r;
   s=2*PI*r;
   printf("圆面积=%f,圆周长=%f \n",area,s);
}
```

2.4 部分习题解答

【习题 2.3】下面的变量名中哪些是合法的？

A&b   abc123   abc%   AbC   a_b_c

int _abc   123abc   a\b?c

a bc   a*bc   ' a 'bc

答：合法的变量名有：abc123   AbC   a_b_c   _abc

【习题 2.5】把下列数学式写成 C 语言表达式。

（1）$3.26e^x+\dfrac{1}{3}(a+b)^4$

（2）$2\sqrt{x}+\dfrac{a+b}{3\sin(x)}$

（3）$\dfrac{5(F-32)}{9}$

（4）$2\pi r+\pi r^2+\cos(45°)$

（5）$loan\dfrac{rate(1+rate)^{month}}{(1+rate)^{month}-1}$

对应的 C 语言表达式分别为：

（1）3.26*exp(x)+1.0/3*pow(a+b,4)

（2）2*sqrt(x)+(a+b)/(3*sin(x))

（3）5*(F−32)/9

（4）2*3.14*r+3.14*r*r+cos(3.14/180*45)

（5）loan*rate*pow(1+ rate, month)/(pow(1+rate, month)−1)

【习题 2.7】逻辑表达式的值是什么？只能用 1 和 0 才能表示真值和假值吗？

答：逻辑表达式的值是一个逻辑量"真"或者"假"，不是只有用 1 表示真值，用 0 表示假值，在判断一个量为真假时，常以 0 表示假，以非 0 表示真。

【习题 2.9】"&&"和"∥"严格地执行运算符优先级的规则吗？它们的规则是什么？

答：逻辑运算符不按照规定的优先级计算。在逻辑表达式的求值过程中，如果从"&&"或"∥"左边的运算对象部分已经能够确定整个逻辑表达式的值，则不再求右边运算对象的值，这样做提高了运算速度。具体地说：若"&&"的左运算对象值为 0，则不再对右运算对象求值，因整个式子的结果必定为 0。若"∥"的左运算对象值为非 0，则不再对右运算对象求值，因整个式子的结果必定为 1。以上所说的这种运算的规则是 C 对逻辑运算的特殊处理规则。它严格地执行从左到右运算的规则，不受运算符优先级所影响。

【习题 2.11】将下面语句组进行简写。

（1）int i;

　　int j;

（2）x=0;

　　y=0;

（3）x=x+y;

（4）int x,y;

　　x=y−(y/10)*10;

（5）int x;

　　x=x+1;

（6）y=x;

　　−−x;

对应的简写语句分别为：

（1）int a,b;

（2）x=y=0;

（3）x+=y;

（4）int x,y;

　　x=y%10;

（5）int x;

　　x++; 或 x+=1; 或 ++x;

（6）y=x--;

第3章
顺序和选择结构程序设计

3.1 知识要点

1. 程序设计方法包括 3 个基本步骤：分析问题；画出程序的基本轮廓；实现该程序。

2. 程序的清晰易读性越来越被人们所强调。对于初学者，一定要养成良好的程序编写风格，使自己编写的程序可读性、可移植性、可维护性更好。

在书写程序时应遵循以下规则。

① 一个说明或一个语句占一行。

② 用{}括起来的部分，通常表示了程序的某一层次结构。{}一般与该结构语句的第一个字母对齐，并单独占一行。

③ 低一层次的语句或说明可比高一层次的语句或说明缩进若干格后书写，以便看起来更加清晰，增加程序的可读性。

3. 复合语句的一般形式为：

```
{
    [说明部分]
    [语句部分]
}
```

一个复合语句在语法上等同于单个语句，它有两层含义：

① 可以出现在一条语句所允许出现的任何地方；

② 花括号中的所有语句是一个整体，在程序中共同进退，要么全部执行，要么一句都不执行。

4. 本章介绍 4 个最基本的标准文件输入与输出函数，即 getchar、putchar、printf、scanf，其余的输入/输出函数详见第 9 章。

◇字符输入函数 getchar

调用形式：getchar()

◇字符输出函数 putchar

调用形式：putchar(c)

◇格式输出函数 printf

调用形式：printf(格式字符串, 输出参数 1, 输出参数 2, …, 输出参数 n);

◇格式输入函数 scanf

调用形式：scanf(格式字符串，输入参数 1，输入参数 2，…，输入参数 *n*)；

5. if 语句的 3 种结构；

◇单分支 if 结构；

◇双分支 if-else 结构；

◇多路分支 if-else if-else 结构。

注意： 在 if 语句中可以嵌套另一个 if 语句，这种形式可以使 if 语句嵌套到任意深度。

嵌套原则： 嵌套时 else 与其前面最靠近的 if 配对。

6. switch 语句用于多路分支结构，它使得程序更加简明清晰。

注意： 在 switch 语句中与 break 语句的正确配合。

7. 本章中介绍的一个重要算法之一是变量值的交换算法。变量值的交换必须使用一个中间变量。

3.2 重点与难点解析

【例题 3-1】 请编写程序实现以下功能：输入一个华氏温度 f，将它转换成摄氏温度 c 输出。转换公式为 c=5/9(f-32)。要求按如下格式输出结果：设输入的华氏温度为 100，则输出为（保留两位小数）：100(℉)=37.78(℃)

【解析】 本题是练习编写顺序结构的简单程序。双精度浮点数的输入必须用%lf，输出用%lf，注意公式当中的 5 要改为实型数，否则 5/9 即为两个整形数相除，结果为 0，输出格式中小数部分需保留两位则对应格式输出符中 "% W.N [修饰符 l 或 L] 转换字符" 的精度域宽 N 值 "%.2"（对于实型数精度域宽 N 指定小数点后应输出的十进制位数）。

【正确答案】

```c
#include <stdio.h>
void main()
{
  double f,c;
  printf("input a double:");
  scanf("%lf",&f);
  c=5.0/9*(f-32);
  printf("%.2f(F)=%.2f(C)\n",f,c);
}
```

【例题 3-2】 执行以下语句后 a 的值为(1)，b 的值为(2)。

```c
int a=5,b=6,w=1,x=2,y=3,z=4;
(a=w>x)&&(b=y>z);
```

（1）A. 5　　　　　B. 0　　　　　C. 2　　　　　D. 1

（2）A. 6　　　　　B. 0　　　　　C. 1　　　　　D. 4

【解析】 第二问中要考虑逻辑与 "&&" 运算符的特殊性，若有一个操作数为 0，则不进行后续运算，该逻辑与 "&&" 运算符左边操作数为 0，则右边操作停止运算，b 值保持不变。

【正确答案】（1）B （2）A

【例题 3-3】 当 a=1、b=3、c=5、d=4 时，执行以下程序段后 x 的值是（   ）。

【解析】 嵌套 if 语句在使用时一定要掌握基本的原则：else 与之前面最近(未曾配对)的 if 配对。根据此原则可以确定下面例程中的 4 层嵌套关系的配对如下图括号所示（注意：在程序设计中若在程序设计中有 3 个以上的缩进，就要考虑修改程序结构或者使用函数。太多的缩进嵌套格式对于程序的执行效率和易读性都是致命的杀手）。

【正确答案】 2

```
if(a<b)
  if(c<d)
    x=1;                    /*a<b&&c<d*/
  else
    if(a<c)
      if(b<d)
        x=2;                /*a<b&d<=c*/
      else
        x=3;                /*a<b&&a<c&&c>=d&&b>=d*/
    else
        x=6;                /*d<=c<=a<b*/
else
        x=7;                /*a>=b*/
```

【例题 3-4】 将以下含有 switch 语句的程序段改写成对应的含有非嵌套 if 语句的程序段。请填空。

含有 switch 语句的程序段：

```
int x,y,m;
y=(int)(x/10);
switch(y)
{
    case 10:m=5;break;
    case 9:m=4;break;
    case 8:m=3;break;
    case 7:m=2;break;
    case 6:m=1;break;
    default:m=0;
}
```

含有非嵌套 if 语句的程序段：

```
int x,m;
if① m=5;
if((x<100)&&(x>=90)) m=4;
if((x<90)&&(x>=80)) m=3;
if((x<80)&&(x>=70)) m=2;
if((x<70)&&(x=60)) m=1;
if② ③;
```

【解析】 注意(int)(x/10)用强制类型准换符（int）将 x/10 的值强制转换为整型，(int)(x/10)的结果为 x/10 截去小数部分后的整数值。每一条 case 语句对应一个分数段。例如：90<=x<100 分数段，对应 x/10 的值为 9.0-9.9，截去小数部分，剩下整数部分即为 9。

【正确答案】 ① (x<110)&&(x>=100)

② (x<60)&&(x>=110)

③ m=0

【例题 3-5】 执行以下程序段后的运行结果是（　　　）。

```c
#include <stdio.h>
void main()
{
    int a=3,b=4,c=5,t=99;
    if(a<b&&b<c) t=a;a=c;c=t;
    printf("%d,%d,%d\n",a,b,c);
}
```

【解析】 在学习程序语言和进行程序设计的时候，交换两个变量的值是经常要使用的。

通常我们的做法是：定义一个新的变量，借助它完成交换。这种算法易于理解，特别适合帮助初学者了解计算机程序的特点，是赋值语句的经典应用。

在实际软件开发当中，此算法简单明了，不会产生歧义，便于程序员之间的交流，一般情况下碰到交换变量值的问题，都应采用此算法，即为标准算法。

使用时要注意交换的 3 条语句需写入大括号变成一条复合语句，否则程序的执行会得出意外的结果，如上例所示，当 a<b<c 时，完成 a 与 c 的交换，否则执行 a=c。

【正确答案】 5,4,3

3.3　测　试　题

3.3.1　单项选择题

1. 以下程序的输出结果是（　　　）。

```c
# include <stdio.h>
main()
{ printf("%d\n",NULL); }
```

A. 不确定的（因变量无定义）　　　　B. 0

C. –1　　　　　　　　　　　　　　　D. 1

2. 以下程序的输出结果是（　　　）。

```c
# include <stdio.h>
main()
{
  int a=2,c=5;
  printf("a=%%d,b=%%d\n",a,c);
}
```

A. a=%2,b=%5　　B. a=2,b=5　　　　C. a=%%d,b=%%d　　D. a=%d,b=%d

3. 以下程序的输出结果是（　　　）。

```c
#include <stdio.h>
main()
{ int a,b,d=241;
  a=d/100%9;
  b=(-1)&&(-1);
  printf("%d,%d\n",a,b); }
```

A. 6,1　　　　　　　B. 2,1　　　　　　　C. 6,0　　　　　　　　D. 2,0

4. 若 x 和 y 都是 int 型变量，x=100，y=200，且有程序片段：printf("%d",(x,y));，其输出结果是（　　）。

A. 200

B. 100

C. 100 200

D. 输出格式符不够，输出不确定的值

5. 请读程序：

```
#include<stdio.h>
main()
{
  int a; float b,c;
  scanf("%2d%3f%4f",&a,&b,&c);
  printf("\na=%d,b=%f,c=%f\n",a,b,c);
}
```

若程序运行时从键盘上输入 9876543210<CR>(<CR>表示回车)，则上面程序的输出结果是（　　）。

A. a=98,b=765,c=4321

B. a=10,b=432,c=8765

C. a=98,b=765.000000,c=4321.000000

D. a=98,b=765.0,c=4321.0

6. 执行下面程序中的输出语句，a 的值是（　　）。

A. 65

B. 20

C. 15

D. 10

```
main()
{
  int a;
  printf("%d\n",(a=3*5,a*4,a+5));
}
```

7. 以下程序输出结果描述正确的是（　　）。

A. 有语法错不能通过编译

B. 可以通过编译但不能通过链接

C. 输出***

D. 输出$$$

8. 以下程序的输出是（　　）。

```
#include <stdio.h>
void main()
{
  int x=2,y=-1,z=2;
  if(x<y)
    if(y<0)
      z=0;
    else
      z+=1;
  printf("%d\n",z);
}
```

A. 3

B. 2

C. 1

D. 0

9. 若变量都已正确定义，则以下程序段的输出是（　　）。

```
a=10;b=50;c=30;
if(a>b) a=b,b=c;
c=a;
printf("a=%db=%dc=%d\n",a,b,c);
```

A. a=10 b=30 c=10

B. a=10 b=50 c=10

C. a=50 b=30 c=10   D. a=50 b=30 c=50

10. 设有说明语句：int a=1,b=2,c=3,d=4,m=2,n=2；则执行(m=a>b)&&(n=c>d)后 n 的值为
（   ）。

A. 1   B. 2   C. 3   D. 4

3.3.2 填空题

1. 当 a=3,b=2,c=1 时；表达式 f=a>b>c 的值是①。

2. 满足以下要求 1 的逻辑表达式是①。

要求 1：判断坐标为(x,y)的点，在内径为 a、外径为 b、中心在 0 点上的圆环内的表达式。满
足以下要求 2 的逻辑表达式是②。

要求 2：写出 x 的值必须是 2、4、6、7、8 的判断表达式。

3. 为了使以下程序的输出结果为 t=4，输入值 a 和 b 应满足的条件是①。

```c
#include <stdio.h>
void main()
{
    int a,t,a,b;
    scanf("%d,%d",&a,&b);
    s=1;
    t=1;
    if(a>0) s=s+1;
    if(a>b)
      t=s+t;
    else if(a==b)
      t=5;
    else
      t=2*s;
    printf("s=%d,t=%d",s,t);
}
```

4. 根据以下给出的嵌套 if 语句，填写对应的 switch 语句，使它完成相同的功能（假设 mark
的取值为 1～100）。

◇if 语句：

```c
if(mark<60) k=1;
else if(mark<70) k=2;
else if(mark<80) k=3;
else if(mark<90) k=4;
else if(mark<=100) k=5;
```

◇switch 语句：

```c
switch(①)
{
  ②   k=1;break;
  case 6: k=2;break;
  case 7: k=3;break;
  case 8: k=4;break;
  ③   k=5;
}
```

5. 以下程序运行后的输出结果是①。

```c
#include <stdio.h>
void main()
{
    int a=3,b=4,c=5,t=99;
    if(b<a&&a<c) t=a;a=c;c=t;
    if(a<c&&b<c) t=b;b=a;a=t;
    printf("%d %d %d\n",a,b,c);
}
```

3.3.3　编程题

1. 输入圆的半径 r 和运算标志 m 后，试编程按照运算标志进行表 3-1 中的指定计算。

表 3-1　　　　　　　　　　　　　　　运算标志与计算

运算标志 m	计　　算
a	面积
c	周长
b	二者均计算

2. 编程计算 y 年 m_1 月 d_1 日与同年的 m_2 月 d_2 日之间的天数（$m_2>=m_1$），并打印计算结果。若 $m_1=m_2$ 且 $d_1=d_2$ 则算 1 天。

3.3.4　测试题参考答案

【3.3.1 单项选择题参考答案】

1. B　2. D　3. B　4. A　5. C　6. B　7. D　8. B　9. B　10. B

【3.3.2 填空题参考答案】

1. ① 0
2. ① (x*x+y*y>a*a)&&(x*x+y*y<b*b)　② x==2||x==4||x==6||x==7||x==8
3. ① 0<a<b
4. ① mark/10　② case0:case1:case2:case3:case4:case5:　③ case9:case10:
5. ① 4 5 99

【3.3.3 编程题参考答案】

1. 程序如下：

```c
#define PI 3.14159
#include <stdio.h>
void main()
{
    char m;
    float r,area,perimeter;
    printf("input r and mark m: ");
    scanf("%f,%c",&r,&m);
    if(m=='a')
    {
```

```
        area=PI *r*r;
        printf("Area is %f",area);
    }
    if(m=='c')
    {
        perimeter=2*PI *r;
        printf("Perimeter is %f",perimeter);
    }
    if(m=='b')
    {
        area=PI*r*r;
        perimeter=2*PI*r;
        printf("Area is %f\n",area);
        printf("Perimeter is %f",perimeter);
    }
}
```

2. 程序如下：

```
#include <stdio.h>
void main()
{
    int y,m1,d1,m2,d2;
    int i,d;
    scanf("%d,%d,%d,%d,%d",&y,&m1,&d1,&m2,&d2);
    y=(y%4==0&&y%100!=0||y%400==0)?1:0;
    d=0-d1;
    for(i=m1;i<m2;i++)
      switch(i)
    {
      case 1:case 3:case 5:case 7:case 8:case 10:case 12:
          d+=31;
          break;
      case 2:d=d+28+y;
          break;
      case 4:case 6:case 9:case 11:
          d+=30;
    }
    printf("%d",d+d2+1);
}
```

3.4　部分习题解答

【习题 3.1】请从以下的 4 个选项中选择 1 个正确答案。

（1）以下叙述中错误的是（　　）。

A. C 语句必须以分号结束

B. 复合语句在语法上被看作一条语句

C. 空语句出现在任何位置都不会影响程序运行

D. 赋值表达式末尾加分号就构成赋值语句

【正确答案】C

（2）以下叙述中错误的是（　　　）。

A. C 程序中的#include 和#define 行均不是 C 语句

B. 除逗号运算符外，赋值运算符的优先级最低

C. C 程序中，j++;是赋值语句

D. C 程序中，+、-、*、/、%号是算术运算符，可用于整型和实型数的运算

【正确答案】D

（3）以下叙述中正确的是（　　　）。

A. C 程序中注释部分可以出现在程序中任意合适的地方

B. 花括号"{ "和"}"只能作为函数体的定界符

C. 构成 C 程序的基本单位是函数，所有函数名都可以由用户命名

D. 分号是 C 语句之间的分隔符，不是语句的一部分

【正确答案】A

【习题 3.3】有如下 if 条件语句：

```
if(a<b){ if(c<d)x=1;else if(a<c)if(b<d)x=2;else x=3;}
else if(c<d)x=4;else x=5;
```

试按缩进对齐的格式将以上语句改写为结构更清晰的等效 if 语句，并在每个条件表达式之后用逻辑表达式注释所满足的条件。

【正确答案】

```
if(a<b)                 /*a<b*/
{
  if(c<d)               /*(a<b)&&(c<d)*/
    x=1;
  else if(a<c)          /*(a<b)&&(a<c)*/
    if(b<d)             /*(a<b)&&(a<c)&&(b<d)*/
      x=2;
    else               /*(a<b)&&(a<c)&&(b>=d)*/
      x=3;
}
else if(c<d)            /*(a>=b)&&(c<d)*/
  x=4;
else                   /*(a>=b)&&(c>=d))*/
  x=5;
```

【习题 3.5】以下程序所表示的分段函数是（　　　）。

```
#include <stdio.h>
void main( )
{
  int x,y;
  printf("Enter x:");
  scanf("%d",&x);
  y=x>=0?2*x+1:0;
  printf("x=%d:f(x)=%d",x,y);
}
```

① $f(x) = \begin{cases} 0 & (x \leq 0) \\ 2x+1 & (x > 0) \end{cases}$ ② $f(x) = \begin{cases} 0 & (x \geq 0) \\ 2x+1 & (x < 0) \end{cases}$

③ $f(x)=\begin{cases} 2x+1 & (x<0) \\ 0 & (x \geqslant 0) \end{cases}$ ④ $f(x)=\begin{cases} 0 & (x<0) \\ 2x+1 & (x \geqslant 0) \end{cases}$

【正确答案】 ④

【习题 3.7】编程序计算下面的分段函数。

$$y=\begin{cases} 0 & (x=a \text{或} x=-a) \\ \sqrt{a^2-x^2} & (-a<x<a) \\ x & (x<-a \text{或} x>a) \end{cases}$$

程序如下：

```c
/*c3_7.c*/
#include <stdio.h>
#include <math.h>
void main()
{
  int x,a;
  double y;
  scanf("%d %d",&x,&a);
  if(x==a||x==-a)
    y=0;
  else if(x>-a&&x<a)
    y=sqrt(a*a-x*x);
  else
    y=x;
  printf("%lf",y);
}
```

【习题 3.9】输入一个自然数，判断它是奇数还是偶数。

程序如下：

```c
/*c3_9.c*/
#include <stdio.h>
void main()
{
    int i;
    printf("Input a natural number:");
    scanf("%d",&i);
    if(i%2==0)
      printf("even\n");
    else
      printf("odd\n");
}
```

【习题 3.11】编程判断一个 5 位数是否是回文数（例如 12321 即为回文数，个位与万位相同，十位与千位相同）。

程序如下：

```c
/*c3_11.c*/
#include <stdio.h>
void main()
```

```
{
    long units,tens,kilobit,myriabit,x;
    scanf("%ld",&x);
    myriabit=x/10000;
    kilobit=x%10000/1000;
    tens=x%100/10;
    units=x%10;
    if(units==myriabit&&tens==kilobit)     /*个位等于万位并且十位等于千位*/
      printf("this number is a huiwen\n");
    else
      printf("this number is not a huiwen\n");
}
```

【习题 3.13】编写程序实现功能：读入两个运算数（data1 和 data2）及一个运算符（op），计算表达式 data1 op data2 的值，其中 op 可以为+、-、*、/、%五个符号中的任意一种。

程序如下：

```
/*c3_13.c*/
#include <stdio.h>
#include <stdlib.h>
void main()
{
  float data1,data2,data3;
  char op;
  printf("\nType in your expression: ");
  scanf("%f %c %f",&data1,&op,&data2);
  switch(op)
  {
    case'+':data3=data1+data2;
            break;
    case'-':data3=data1-data2;
            break;
    case'*':data3=data1*data2;
            break;
    case'/':if(data2==0)
            {
              printf("\nDivision by zero!");
              exit(1);/*终结程序*/
            }
            else
              data3=data1/data2;
            break;
    case'%':(int)(data3=(int)data1%(int)data2);  /*注意%运算符只能用于整形数*/
            break;
  }
  printf("This is %6.2f %c %6.2f=%6.2f\n",data1,op,data2,data3);
}
```

第4章
循环结构程序设计

4.1 知 识 要 点

1. 循环的概念

循环是指有规律地重复执行某语句块的过程。

2. for 循环

for 语句是 C 语言中循环结构最常用的语句，其格式为：

for(表达式 1;表达式 2;表达式 3) 语句

图 4-1 所示为 for 循环语句的执行过程流程图。

3. while 循环

while 循环是一种"当型"循环结构。

格式：while(条件) 语句块

图 4-2 所示为 while 循环语句的执行过程流程图。

图 4-1　for 语句的执行过程的流程图

图 4-2　while 语句执行流程图

4. do-while 循环

do-while 循环是一种"直到型"循环结构。

格式：do
　　{
　　　　语句块

　　}while(条件);

图 4-3 所示为 do-while 语句的执行过程流程图。

5. 跳转语句

① continue 语句

功能：continue 语句的作用是跳过本轮次循环体中剩余的语句，根据条件决定是否执行下一轮循环。

应用：continue 语句只用在 for、while、do-while 等循环体中,常与 if 条件语句一起使用，用来优化循环。

② break 语句

功能：break 语句的作用是使程序终止循环，而执行循环后面的语句。

应用：break 语句通常用在循环语句和开关语句（switch）中。当 break 用于 switch 中时，可使程序跳出 switch 块而执行 switch 以后的语句；当 break 语句用于 do-while、for、while 循环语句中时，可使程序终止循环而执行循环后面的语句，通常 break 语句总是与 if 语句联在一起，即满足条件时便跳出循环。

③ goto 语句

功能：用于将控制转到标号所指定的语句去执行。

注意：滥用 goto 语句会造成程序思路混乱，破坏程序结构化，所以应少用、慎用 goto 语句，但不禁用。

6. 多重循环

多重循环即循环嵌套，在循环嵌套中外层的循环称为外循环，处于循环嵌套中内层的循环称为内循环。

图 4-3 do-while 语句流程图

4.2 重点与难点解析

【例题 4-1】输入任意一个大于等于 2 的整数 n，判断该数是否是素数并输出相应的结果。请阅读下列程序，指出哪些程序是正确的？哪些不正确？为什么？

程序 1：

```c
#include <stdio.h>
void main()
{
  int i,n;
  printf("input n(n>=2):");
  scanf("%d",&n);
  if(n<2)
  {
    printf("input error\n");
    return;
  }
  if(n==2)
    printf("2 is a prime\n");
  else
  {
    for(i=2;i<n;++i)
      if(!(n%i))
```

```
    {
        printf("%d isn't a prime\n",n);
        return;
    }
    printf("%d is a prime\n",n);
    }
}
```

程序 2：

```
#include <stdio.h>
void main()
{
    int i,j,n;
    printf("input n(n>=2):");
    scanf("%d",&n);
    if(n<2)
    {
        printf("input error\n");
        return;
    }
    if(!(n&1)&&n!=2)
    {
        printf("%d is not prime\n",n);
        return;
    }
    for(i=3,j=sqrt(n);i<j;i+=2)
        if(!(n%i))
        {
            printf("%d is not prime\n",n);
            return;
        }
    printf("%d is a prime\n",n);
}
```

【解析】素数的定义为：除 1 和自身以外不含任何其他因子的整数。2 是最小的素数。因此，判断一个整数 n 是否是一个素数就是要找 n 是否包含 1 和自身以外的其他因子。由此可得，用 2 至 n-1（或 2 至 $n/2$，或 2 至 $\sqrt{n}$）作除数 i，如果 i 均不能整除 n（表达式 n%i 结果非 0），则 n 是一个素数，否则不是。

此外，按照素数的定义，除 2 以外的偶数一定不是素数，因此可以首先检查输入的整数 n，如果 n 是一个偶数且不等于 2（表达式（！(n%2)&&n!=2）非 0，或（!(n&1)&&n!=2)非 0），则可以直接输出 n 不是素数的结论。如果 n 已经确定为奇数，还可以使除数 i 从 3 开始，且 i 每次增加 2，这样处理减少了运算次数，从而提高了程序的运行速度。

【正确答案】程序 1 正确，程序 2 不正确。

说明：程序 2 中的 j 值是最后一个除数，因此循环条件应为 i<=j 而不是 i<j;，否则，会因为漏掉一个除数而使不符合素数定义的数被作为素数输出。此外，程序 2 中用了标准函数 sqrt 但未包含头文件 math.h。

通过本例，读者在编写循环条件时一定要仔细、严密、逻辑简单且结构清晰。

【例题 4-2】阅读下列程序，请写出输入为 6 时程序的输出结果。

```c
#include <stdio.h>
void main()
{
  int i,j,n;
  long sum,term;
  printf("input n:");
  scanf("%d",&n);
  for(sum=0,i=1;i<=n;++i)
  {
    term=1;
    j=1;
    do
    { term*=i;
    }while(++j<=i);
    sum+=term;
  }
  printf("sum=%ld\n",sum);
}
```

【解析】此程序的主体是一个嵌套的循环语句。外循环是 for 语句，外循环的循环体由一个 do-while 语句、给变量 term 和 j 赋初值的赋值表达式语句及求 term 的累加和的赋值表达式（sum+=term）语句组成。该程序的输出是 n 个 term 的累加和，每一个 term 均为 i^i（$i=1\sim n$），故此程序是求多项式 $1^1+2^2+\cdots+n^n$，当 $n=6$ 时的计算结果。

【正确答案】程序的输出为：

```
sum=50069
```

【例题 4-3】根据公式 $e=1+\dfrac{1}{1!}+\dfrac{1}{2!}+\dfrac{1}{3!}+\cdots$，编程求解 e 的近似值，精度要求为 10^{-5}（即直到最后一项的值小于 10^{-5} 为止）。

【解析】这是一个级数求和问题，解这类问题的关键是找出项与项之间的变化规律（通项公式）并化简成便于计算机处理的形式，程序中用一个循环语句求各项的累加和即可得所求。本例中前后项的递推关系即 $a_{n+1}=a_n/(n+1)$，在程序中用一个循环语句 $s+=a_n$；即可得所求。

【正确答案】

```c
#include <stdio.h>
void main()
{
  int i;
  double e,a;
  e=1.0;
  a=1.0;
  for(i=1;a>=1e-6;i++)
  {
    a/=(double)i;
    e+=a;
  }
  printf("e=%f\n",e);
}
```

【例题 4-4】编程输出 1～999 中能被 3 整除，且至少有一位数字是 5 的所有整数。每行输出 8 个数。

【解析】此题的关键是如何得到一个整数的各位数。提供两种思路：第 1 种方法是分别用不同表达式表示整数的各位数；第 2 种方法是用循环结构从低位向高位逐步分离出一个整数的各位数。用第 1 种方法写的程序只适用于 1～3 位整数，无通用性；用第 2 种方法写的程序适用于任何整数，有通用性。

【正确答案】

解一：

```c
#include <stdio.h>
void main()
{
    int n,k=0;
    for(n=1;n<1000;++n)
        if(!(n%3)&&(n-n/10*10==5||n/10-n/10/10*10==5||(n/100)==5))
        {
            if(++k>8)
            {
                printf("\n");
                k=1;
            }
            printf("%8d",n);
        }
    printf("\n");
}
```

其中表达式 n–n/10*10，n/10–n/10/10*10，(n/100)分别表示 n 的个位、十位和百位，还可以写成 n%10,n/10%10 和 n/100%10。

解二：

```c
#include <stdio.h>
void main()
{
    int i,n,r,k;
    k=0;
    for(i=1;i<=999;i++)
        if(!(i%3))
        {
            n=i;
            do
            {
                r=n%10;n/=10;
            }while(r!=5&&n>0);
            if(r==5)
            {
                printf("%d\t",i);
                k++;
                if(!(k%8)) printf("\n");
            }
        }
    if(k%8) printf("\n");
}
```

【例题 4-5】写出下面程序的运行结果。

```c
#include <stdio.h>
void main()
{
    int k=0;
    char c='A';
    do
    {
        switch(c++)
        {
            case 'A':k++;break;
            case 'B':k--;
            case 'C':k+=2;break;
            case 'D':k=k%2;continue;
            case 'E':k=k*10;break;
            default:k=k/3;
        }
        k++;
    }while(c<'G');
    printf("k=%d\n",k);
}
```

【解析】注意在 switch 语句中是可以出现 continue 语句的，所表示的含义保持不变，在本例中 continue 表示的含义是退出直到型循环 do-while，因为 switch 是嵌套在 do-while 中的一条语句，也是 do-while 循环体的一部分。

【正确答案】k=4

4.3 测 试 题

4.3.1 单项选择题

1. 下面有关 for 循环的正确描述是（   ）。

A. for 循环只能用于循环次数已经确定的情况

B. for 循环是先执行循环体语句，后判断表达式

C. 在 for 循环中，不能用 break 语句跳出循环体

D. for 循环的循环体语句中，可以包含多条语句，但必须用花括号括起来

2. 以下描述正确的是（   ）。

A. goto 语句只能用于退出多层循环　　　　B. switch 语句中不能出现 continue 语句

C. 只能用 continue 语句来终止本次循环　　D. 在循环中 break 语句不能独立出现

3. 对 for(表达式 1; ;表达式 3)可理解为（   ）。

A. for(表达式 1;0;表达式 3)　　　　　　　B. for(表达式 1;1;表达式 3)

C. for(表达式 1;表达式 1;表达式 3)　　　　D. for(表达式 1;表达式 3;表达式 3)

4. 若 i 为整型变量，则 for(i=2;i==0;) printf("%d",i--);语句的循环执行次数是（   ）。

A. 无限次　　　　　　B. 0 次　　　　　　　C. 1 次　　　　　　　D. 2 次

5. for(x=0,y=0;(y=123)&&(x<4);x++);语句的循环执行次数是（   ）。

A. 无限循环　　　　B. 循环次数不定　　　C. 执行 4 次　　　　D. 执行 3 次

6. 以下不是无限循环的语句为（ ）。

A. for(y=0,x=1;x>+++y;x=i++) i=x;   B. for(; ;x++=i);

C. while(1) {x++;}   D. for(i=10; ;i--) sum+=i;

7. 下面程序运行结果是（ ）。

```
for(y=1;y<10;)  y=((x=3*y,x+1),x-1);
printf("x=%d,y=%d",x,y);
```

A.x=27,y=27   B. x=12,y=13   C. x=15,y=14   D.x=y=27

8. 下列程序是求 1～100 的累加和，其中有 3 个能够完成规定的功能，有 1 个所完成的功能与其他程序不同，它是（ ）。

A. s=0; i=0;   B. s = 0; i=0;
```
    while(i<100)        while(i++<100)
      s+=i++;            s+=i;
```

C. s = 0; i=0;   D. s=0; i=0;
```
    while(i<100)        while(++i<=100)
      s+=++i;            s+=i;
```

9. 下面程序的运行结果是（ ）。

```
for(x=3;x<6;x++)printf((x%2)?("**%d"):("##%d\n"),x);
```

A. **3   B. ##3   C. ##3   D. **3##4
    ##4   **4   **4##5   **5
    **5   ##5

10. 下面程序的运行结果是（ ）。

```
int i;
for(i=1;i<=5;i++)
{
  switch(i%5)
  {
  case 0: printf("*");break;
  case 1: printf("#");break;
  default: printf("\n");
  case 2: printf("&");
  }
}
```

A. #&&&*   B. #&   C. #   D. #&
              &   &
              &*   &   *
                       &
                       *

4.3.2 填空题

1. 下面程序段的运行结果是①。

```
for(a=1,i=-1;-1<=i<1;i++)
  {a++;printf("%2d",a);}
printf("%2d",i);
```

2. 下面的程序执行后，k 的值是①。

```c
#include<stdio.h>
void main()
{
    int num=26,k=1;
    do
    {
        k*=num%10;
        num/=10;
    }while(num);
     printf("%d",k);
}
```

3. 下面程序的功能是统计正整数的各位数字零的个数，并求各位数字中的最大数。完成下面的程序填空。

```c
#include<stdio.h>
void main()
{  int n,count,max,t;
   count=max=0;
   scanf("%d",&n);
   do
   {
       t=①;
       if(t==0)
          ++count;
       else if(max<t)
           ②;
       else
           ;
       n/=10;
   }while(n);
  printf("count=%d,max=%d",count,max);
}
```

4. 下面程序的功能是：从键盘上输入若干个学生的成绩，统计并输出最高和最低成绩，当输入负数时结束输入，填充程序。

```c
#include<stdio.h>
void main()
{   float x,amax,amin;
     ①;
     amax=x;  amin=x;
     while(②)
    {  if(x>amax) amax=x;
        if(x<amin) amin=x;
         ③  }
     printf("amax is %f,amin is %f",amax,amin);
}
```

5. 下面程序的功能是计算正整数 2 345 的各位数字的平方和，请填空。

```c
#include <stdio.h>
main()
{
```

```
int n=2345,sum=0;
do
{
    sum=sum+①;
    n=②;
}while(n);
printf("sum=%d",sum);
}
```

4.3.3 编程题

1. 求解满足 1+2+3+4+5+…+n>=500 的最小值 n 和总和值。

2. 打印出 100 以内的所有的勾股数。勾股数就是满足 $x^2+y^2=z^2$ 的自然数。最小的勾股数是 5，4，3。

4.3.4 测试题参考答案

【4.3.1 单项选择题参考答案】

1. D   2. C   3. B   4. B   5. C   6. A   7. C   8. A 9. D   10. B

【4.3.2 填空题参考答案】

1. ① −1

2. ① 12

3. ① n%10   ② max=t

4. ① scanf("%f",&x)   ② x>=0   ③ scanf("%f",&x);

5. ① (n%10)*(n%10)   ② n/10

【4.3.3 编程题参考答案】

1. 程序如下：

解一：

```
#include <stdio.h>
void main()
{
    int i,s=0;
    for(i=1;;i++)
    {
        s+=i;
        if(s>=500)
            break;
    }
    printf("i=%d,s=%d",i,s);
}
```

解二：

```
#include <stdio.h>
void main()
{
    int i=1,s=0,n;
```

```
    while(s<500)
    {
      s+=i;
      i++;
    }
    printf("n=%d,s=%d",i-1,s);
}
```

2. 程序如下：

```
#include <stdio.h>
void main()
{
  int i,x,y,z;
  for(x=1;x<=100;x++)
  for(y=1;y<=100;y++)
  for(z=1;z<=100;z++)
  {
    if(x*x+y*y==z*z)
      printf("%d,%d,%d\n",x,y,z);
  }
}
```

4.4　部分习题解答

【习题 4.1】分析下面程序的结果。

（1）
```
#include <stdio.h>
  void main()
  {
    int i,t,sum=0;
    for(t=i=1;i<=10;)
    {
      sum+= t; ++i;
      if(i%3==0) t=-i;
      else t=i;
    }
    printf("sum=%d",sum);
  }
```

运行结果：sum=19

分析：该数列为 sum=1+2-3+4+5-6+7+8-9+10。

（2）
```
#include <stdio.h>
  void main()
  {
    int i;
    for(i=1;i<=5;i++)
    {
      switch(i%2)
      {
        case 0: i++;printf("#");break;
        case 1: i+=2;printf("*");
```

```
            default: printf("\n");
        }
    }
    printf("i=%d",i);
}
```

运行结果：

```
*
#i=6
```

（3）
```
#include <stdio.h>
void main()
{
  int y=10;
  do{y--;}while(--y);
  printf("%d\n",y--);
}
```

运行结果：

```
0
```

分析：循环体共执行 5 次。

（4）
```
#include <stdio.h>
void main()
{
  int m,n;printf("Enter m,n;");
  scanf("%d%d",&m,&n);
  while(m!=n)
  {
     while(m>n)  m-=n;
     while(n>m)  n-= m;
  }
  printf("m=%d\n",m);
}
```

运行结果：

```
24 16
m=8                            /*m 与 n 的最大公约数*/
```

【习题 4.3】计算 1−3+5−7+⋯−99+101 的值。

程序如下：

```
/*c4_3a.c*/
#include <stdio.h>
void main()
{
  int i,t=1,s=0;
  for(i=1;i<=101;i=i+2)
  {
     t=t*i;
     s=s+t;
     t=-t/i;
  }
  printf("%d",s);
}
```

```
/*c4_3b.c*/
#include<math.h>
#include<stdio.h>
void main()
{
    int n,t,pi,s;
    s=t=n=1;
    pi=0;
    for(n=1;n<=101;)
    {
        pi=pi+t;
        n=n+2;
        s=-s;
        t=s*n;
    }
    printf("PI=%d\n",pi);
}
```

【习题 4.5】用公式：$\dfrac{\pi^2}{6} \approx \dfrac{1}{1^2} + \dfrac{1}{2^2} + \dfrac{1}{3^2} + \cdots + \dfrac{1}{n^2}$，求 π 的近似值，直到最后一项的值小于 10^{-6} 为止。

程序如下：

```
/*c4_5.c*/
#include <stdio.h>
#include <math.h>
void main()
{
  long i=1;
  double pi=0;
  while(i*i<=10e+6)
  {
    pi=pi+1.0/(i*i);
    i++;
  }
  pi=sqrt(6.0*pi);
  printf("pi=%10.6lf\n",pi);
}
```

【习题 4.7】将从键盘输入的一对数，由小到大排序输出，当输入一对相等数时结束循环。

程序如下：

```
/*c4_7.c*/
#include <stdio.h>
void main()
{
  int a,b,t;
  scanf("%d,%d",&a,&b);
  while(a!=b)
  {
    if(a>b)
    {
      t=a;a=b;b=t;
    }
```

```
    printf("%d,%d\n",a,b);
    scanf("%d,%d",&a,&b);
  }
}
```

【习题 4.9】输入 n 个数，求其最大数、最小数和平均值。

程序如下：

```
/*c4_9.c*/
#include <stdio.h>
void main( )
{
    int n,i,max,min,a;
    float s;
    scanf("%d,%d",&n,&a);
    s=max=min=a;
    for(i=1;i<n;i++)
    {
        scanf("%d",&a);
        s+=a;
        if(max<a) max=a;
        if(min>a) min=a;
    }
    printf("Max=%d,Min=%d,avg=%f",max,min,s/n);
}
```

【习题 4.11】一个数如果恰好等于它的因子之和，就把它称为"完数"。例如，28 的因子为 1、2、4、7、14，而 28=1+2+4+7+14，因此 28 是"完数"。编程序找出 10 000 以内的所有"完数"并输出其因子。

程序如下：

```
/*c4_11.c*/
#include <stdio.h>
void main()
{
  int m,s,i;
  for(m=2;m<10000;m++)
  {
    s=0;
    for(i=1;i<m;i++)
      if((m%i)==0) s=s+i;
    if(s==m)
    {
      printf("%d,its factors are",m);
      for(i=1;i<m;i++)
        if(m%i==0)    printf("%d ",i);
      printf("\n");
    }
  }
}
```

【习题 4.13】有 1 020 个西瓜，第一天卖一半多两个，以后每天卖剩下的一半多两个，编程统计卖完所需的天数。

程序如下：

```
/*c4_13.c*/
#include<stdio.h>
void main()
{
  int day,x1,x2;
  day=0;x1=1020;
  while(x1)
  {
    x2=x1/2-2;                    /*每天卖完剩下的西瓜总数*/
    x1=x2;
    day++;
  }
  printf("day=%d\n",day);
}
```

【习题 4.15】编写程序，找出 1～99 中的全部同构数（同构数的定义：出现在平方数的右边。例如:5 是 25 右边的数，25 是 625 右边的数，5 和 25 都是同构数）。

程序如下：

```
/*c4_15a.c*/
#include <stdio.h>
void main()
{
  int i;
  for(i=1;i<100;i++)
     if(i*i%10==i||i*i%100==i) printf("%3d",i);
}
```

```
/*c4_15b.c*/
#include <stdio.h>
void main()
{
  int i;
  for(i=1;i<100;i++)
     if(i*i%10==i)
        printf("%3d",i);
     else if(i*i%100==i)
        printf("%3d",i);
     else
        ;
}
```

【习题 4.17】使用嵌套循环输出下列图形。

```
####
###*
##**
#***
```

程序如下：

```
/*c4_17.c*/
#include <stdio.h>
void main()
{
  int i,j;
  for(i=4;i>=1;i--)
  {
    for(j=1;j<=i;j++)
       printf("#");
    for(j=1;j<=4-i;j++)
       printf("*");
    printf("\n");
  }
}
```

【习题 4.19】假设 x，y 是整数，编程求 x^y 的最后 3 位数，要求 x、y 从键盘输入。

程序如下：

```
/*c4_19.c*/
#include<stdio.h>
void main()
{
  int i,x,y;
  long last=1;
  printf("Input x and y:");
  scanf("%d,%d",&x,&y);
  for(i=1;i<=y;i++)
    last=last*x%1000;
  printf("The last 3 digits:%ld\n",last);
}
```

【习题 4.21】编程实现输出一个正整数等差数列的前 10 项，此数列前 4 项之和及之积分别是 26 和 880。

程序如下：

```
/*c4_21.c*/
#include <stdio.h>
void main()
{
  int a,d,i,s,f,x;                    /*a 是第一项*/
  for(a=1;a<30;a++)
    for(d=1;d<=5;d++)
    {
      s=0;f=1;x=a;
      for(i=1;i<=4;i++)
      {
        s=s+x;
        f=f*x;
        x=x+d;
      }
      if(s==26&&f==880)
      {
       for(i=0;i<10;i++)
```

```
            printf("%3d",a+i*d);
        }
    }
    printf("\n");
}
```

【习题 4.23】编程实现将从键盘输入的偶数写成两个素数之和。

程序如下：

```
/*c4_23.c*/
#include <stdio.h>
#include <math.h>
void main()
{
  int a,b,c,d;
  scanf("%d",&a);
  for(b=3;b<=a/2;b+=2)
  {
      for(c=2;c<=sqrt(b);c++)
        if(b%c==0) break;
      if(c>sqrt(b))
        d=a-b;
      else
        continue;
      for(c=2;c<=sqrt(d);c++)
        if(d%c==0) break;
    if(c>sqrt(d)) printf("%d=%d+%d\n",a,b,d);
  }
}
```

第5章
数组

5.1 知识要点

1. 一维数组、二维数组和字符数组的定义、引用。
2. 数组元素赋值和初始化的方法。
3. 常用字符串处理函数及字符处理函数。
4. 使用数组结构的程序设计方法。
5. 与数组结构相关应用的各种算法。

二维数组的定义和使用是本章的难点。

5.2 重点与难点解析

【例题 5-1】 将 a 数组中的内容按颠倒的次序重新存放,操作时只能借助一个临时的存储单元,不允许开辟另外的数组。

【解析】 假定有 N 个元素,当 i=1 时,j 应该指向第 N 个元素;当 i=2 时,j 应该指向第 N−1 个元素;所以 j 与 i 的关系为:j=N−i+1。需要交换的元素对数是数组元素个数的一半,因此 i 从 1 循环到 N/2。元素交换如下所示。

程序如下:

```c
#include <stdio.h>
#define N 9
void main()
{ int a[N],i,j,t;
  printf("input array a:\n");
  for(i=0;i<N;i++) scanf("%d",&a[i]);
  for(i=0;i<N;i++) printf("%4d",a[i]);
```

```
    printf("\n");
    for(i=0;i<N/2;i++)
    { j=N-i-1;
      t=a[i];
      a[i]=a[j];
      a[j]=t;
    }
    for(i=0;i<N;i++) printf("%4d",a[i]);
    printf("\n");
}
```

【例题 5-2】输入 n 个数用冒泡排序将其按升序排列，并输出。

【解析】反复从头起将 n 个数的相邻两个数进行比较，小的调换到前面。第 1 趟对 n 个数处理后最大的数已沉到最底下 a[19]；第 2 趟只需对前面的 $n-1$ 个数进行处理，次大的数已沉到 a[18]；……；第 $n-1$ 趟只需对前面的 2 个数进行处理，排序成功；用二重循环，外层 i 循环处理各趟，每趟用 j 循环具体处理，范围从 0 到 $n-i$。

例如：

第一遍比较的示意：

6	6	6	6	6	6
8	8	4	4	4	4
4	4	8	7	7	7
7	7	7	8	2	2
2	2	2	2	8	5
5	5	5	5	5	8

6>8 假　8>4 真　8>7 真　8>2 真　8>5 真

第二遍比较的示意：

6	4	4	4	4
4	6	6	6	6
7	7	7	2	2
2	2	2	7	5
5	5	5	5	7
8	8	8	8	8

6>4 真　6>7 假　7>2 真　7>5 真

程序如下：

```
#include <stdio.h>
#define N 10
void main()
{ int a[N],i,j,t;
  printf("input %d number:\n",N);
  for(i=0;i<N;i++) scanf("%d",&a[i]);
  for(i=0;i<N;i++) printf("%4d",a[i]);
  printf("\n");
  for(i=0;i<N-1;i++)
    for(j=0;j<N-i;j++)
```

```
    if(a[j]>a[j+1])
    { t=a[j];a[j]=a[j+1];a[j+1]=t;}
  for(i=0;i<N;i++) printf("%4d",a[i]);
  printf("\n");
}
```

【例题 5-3】在有序的数列中插入任意一个数 x，使插入后仍然有序。

【解析】程序分两步进行。第一步寻找插入位置 k=0;while(x>a[k]) k++;，这个循环结束时，k 的值就是 x 要插入的位置；第二步将 a[n-1] 到 a[k] 逐个往后移动一个位置，最后将 x 放到 a[k] 中。

程序如下：

```
#include <stdio.h>
#define N 10
void main()
{ int a[N+1],i,j,t,x,k;
  printf("input %d number:\n",N);
  for(i=0;i<N;i++) scanf("%d",&a[i]);
  printf("input x=");
  scanf("%d",&x);
  for(i=0;i<N-1;i++)
    for(j=i+1;j<N;j++)
     if(a[i]>a[j])
     { t=a[i]; a[i]=a[j]; a[j]=t; }
  k=0;
  while(x>a[k]) k++;
  for(j=N-1;j>=k;j--) a[j+1]=a[j];
  a[k]=x;
  for(j=0;j<=N;j++) printf("%4d",a[j]);
  printf("\n");
}
```

5.3 测 试 题

5.3.1 单项选择题

1. 在 C 语言中，引用数组元素时，其数组下标的数据类型允许是（   ）。

A. 整型常量
B. 整型表达式
C. 整型常量或整型表达式
D. 任何类型的表达式

2. 以下对一维整型数组 a 的正确说明是（   ）。

A. int a(10);
B. int n=10,a[n];
C. int n;
   scanf("%",&J1);
   int a[n];
D. #define SIZE 10;
   int a[SIZE];

3. 以下能对一维数组 a 进行正确初始化的语句是（   ）。

A. int a[10]=(0,0,0,0,0)
B. int a[10]={}
C. int a[]={0};
D. int a[10]={10*1};

4. 若有说明：int a[][3]={1,2,3,4,5,6,7};，则数组 a 的第一维大小是（   ）。

A. 2   B. 3   C. 4   D. 无确定值

5. 以下能对二维数组 a 进行正确初始化的语句是（   ）。

A. int a[2][]={{1,0,1},{5,2,3}};   B. int a[][3]={{1,2,3},{4,5,6}};

C. int a[2][4]={{1,2,3},{4,5},{6}};   D. int a[][3]={{1,0,1},{},{1,1}};

6. 下面是对 s 的初始化，其中不正确的是（   ）。

A. char s[5]={"abc"};   B. char s[5]={'a','b','c'};

C. char s[5]=" ";   D. char s[5]="abcdef";

7. 若有说明：int a[][4]={0,0};，则下面不正确的叙述是（   ）。

A. 数组 a 的每个元素都可得到初值 0

B. 二维数组 a 的第一维大小为 1

C. 因为二维数组 0 中第二维大小的值除以初值个数的商为 1，故数组 a 行数为 1

D. 只有元素 a[0][0]和 a[0][1]可得初值 0，其余元素均得不到初值 0

8. 下面程序段的输出结果是（   ）。

```c
char c[]="\t\v\\\0will\n";
printf("%d",strlen(c));
```

A. 14   B. 3   C. 9   D. 6

9. 检查下面程序有错的行是（每行程序前面的数字表示行号）（   ）。

```c
1  #include <stdio.h>
2  void main( ){
3  float a[10]={0.0};
4  int i;
5  for(i=0;i<3;i++) scanf("%d",&a[1]);
6  for(i=0;i<10;i++) a[0]=a[0]+a[i];
7  printf("%d\n",a[0]);
8  }
```

A. 没有错误   B. 第 3 行有错误

C. 第 5 行有错误   D. 第 7 行有错误

10. 下面程序有错的行是（   ）。

```c
1  #include <stdio.h>
2  void main( ){
3  int a[3]={1};
4  int i;
5  scanf("%d",&a);
6  for(i=1;i<3;i++) a[0]=a[0]+a[i];
7  printf("a[0]=%d\n",a[0]);
8  }
```

A. 3   B. 6   C. 7   D. 5

5.3.2 填空题

1. 下面程序可求出矩阵 a 的主对角线上的元素之和，请填空使程序完整。

```c
# include "stdio.h"
void main( )
```

```
{ int a[3][3]={1,3,5,7,9,11,13,15,17},sum=0,i,j;
  for(i=0;i<3;i++)
  for(j=0;j<3;j++)
    if(①)  sum=sum+②;
  printf("sum=%d",sum);
}
```

2. 下面程序将十进制整数 base 转换成 n 进制，请填空使程序完整。

```
# include "stdio.h"
void main( )
{  int i=0,base,n,j,num[20];
   scanf("%d",&n);
   scanf("%d",base);
   do
   {
       i++;
       num[i]=①;
       n=②;
   } while(n!=0);
   for(③)
       printf("%d",num[j]);
}
```

3. 下面程序的功能是输入 10 个数，找出最大值和最小值所在的位置，并把两者对调，然后输出调整后的 10 个数。请填空使程序完整。

```
# include "stdio.h"
void main( )
{ int a[10],max,min,i,j,k;
  for(i=0;i<10;i++)
    scanf("%d",&a[i]);
  max=min=a[0];
  for(i=0;i<10;i++)
  {
    if(a[i]<min) {min=a[i];①;}
    if(a[i]>max) {max=a[i];②;}
  }
  ③;
  for(i=0;i<10;i++)
    printf("%d",a[i]);
}
```

4. 下面程序的功能是在一个字符串中查找一个指定的字符，若字符串中包含该字符则输出该字符在字符串中第一次出现的位置（下标值），否则输出 –1。请填空使程序完整。

```
# include <string.h>
# include "stdio.h"
void main( )
{ char c='a';                /* 需要查找的字符*/
  char t[50];
  int i,j,k;
  gets(t);
  i=①;
  for(k=0;k<i;k++)
```

```
        if(②)
           { j=k;break;}
        else j=-1;
      printf("%d",j);
}
```

5. 以下程序是将字符串 b 的内容连接字符数组 a 的内容后面，形成新字符串 a。请填空使程序完整。

```
# include "stdio.h"
void main( )
{ char a[40]="Great",b[ ]="Wall";
  int i=0,j=0;
  while(a[i]!='\0') i++;
  while(①)
  {
      a[i]=b[j];i++;j++;
  }
   ②;
  printf("%s\n",a);
}
```

5.3.3 编程题

1. 随机产生 20 个[10，50]的正整数存放到数组中，并求数组中的所有元素最大值、最小值、平均值及各元素之和。

2. 任意输入一个字符串，查其中含有几个要求的子串。

3. 输出一个三角形的图形。

5.3.4 测试题参考答案

【5.3.1 单项选择题参考答案】

1. C 2. D 3. C 4. B 5. B 6. D 7. D 8. B 9. C 10. D

【5.3.2 填空题参考答案】

1. ① i=j   ② a[i][i]

2. ① n%base   ② n/base   ③ j=0;j<i;j++

3. ① j=i   ② k=i   ③ a[k]=min,a[j]=max;

4. ① strlen(t)   ② c==t[k]

5. ① b[i]!='\0'   ② b[i]='\0'

【5.3.3 编程题参考答案】

1. 程序如下：

```
#include<stdlib.h>
#include<conio.h>
void main( )
{
   int a[21],i,ran,max,min,sum,average;
```

```
  clrscr( );
  for(i=1;i<=20;i++)
  {
    while((ran=random(51))/10==0)        //ensure ran between 20 and 50 ;
      a[i]=ran;
  }
  max=min=a[1];                          // initialize here
  sum=0;
  for(i=1;i<=20;i++)
  {
    printf("a[%d]=%d\n",i,a[i]);
    sum+=a[i];
    if(max<a[i])
      max=a[i];
    else if(min>a[i])
      min=a[i];
  }
  average=sum/20;
  printf("\nsum=%d, max=%d, min=%d, average=%d \n",sum,max,min,average);
  puts("\nany key to exit!");
  getche();
}
```

2. 程序如下：

解一：

```
#include "stdio.h"
void main( )
{ char s[80],a[20];
  int i,j,h,sum=0;
  printf("输入字符串:");
  gets(s);
  printf("输入子串:");
  gets(a);
  for(i=0;s[i]!='\0';i++)
  {
    for(j=i,h=0;a[h]!='\0'&&s[j]==a[h];j++,h++);
      if(a[h]=='\0')
      {  sum++;
         i=j-1;
      }
  }
  printf("sum=%d\n",sum);
}
```

解二：

```
#include <stdio.h>
#include <string.h>
void main( )
{ char s[80],a[20];
  int i,j,m,n,sum=0;
  printf("输入字符串:"); gets(s);
  printf("输入子串:"); gets(a);
  n=strlen(s);
  m=strlen(a);
```

```
    for(i=0;i<n-m;i++)
    {  for(j=0;j<m;j++)
          if(s[i+j]!=a[j]) break;
       if(j==m) sum++,i=i+j;
    }
printf("有%d个子串.\n",sum);
}
```

3. 程序如下：

```
#include <stdio.h>
void main()
{
    char s[5][5]={{'*'},{'*','*'},{'*','*','*'},{'*','*','*','*'},
    {'*','*','*','*','*'}};
    int i,j;
    for(i=0;i<5;i++)
    { for(j=0;j<5;j++) printf("%c",s[i][j]);
      printf("\n");
    }
}
```

输出结果：

```
*
**
***
****
*****
```

5.4 部分习题解答

【习题 5.1】现有一实型一维数组 A[12]，其各元素值在内存中排列的顺序为：1.0，15.5，9.5，−23，8.4，66.5，7.1，22.0，54.5，−34，11.3，32.5，请按下列要求编写程序求答案。

（1）数组中元素值最小的数组元素。

（2）数组中元素值最大的数组元素。

（3）数组中某数组元素值等于另外两个数组元素值之和的等式。

（4）数组中某数组元素值等于另外两个数组元素值之差的等式。

程序如下：

```
/*c5_1.c*/
#include <stdio.h>
void main()
{
    double a[12]={1.0,15.5,9.5,-23,8.4,66.5,7.1,22.0,54.5,-34,11.3,32.5};
    int i,j,k;
    double max,min;
    min=a[0];
    for(i=0;i<12;i++)
      if(min>a[i]) min=a[i];
    printf("min=%lf\n",min);
    max=a[0];
```

```
for(i=0;i<12;i++)
  if(max<a[i]) max=a[i];
printf("max=%lf\n",max);
for(i=0;i<12;i++)
for(j=0;j<12;j++)
for(k=0;k<12;k++)
{
  if(i==j||j==k||k==i) continue;
  if(a[i]+a[j]==a[k])
    printf("%lf+%lf=%lf\n",a[i],a[j],a[k]);
}
for(i=0;i<12;i++)
for(j=0;j<12;j++)
for(k=0;k<12;k++)
{
  if(i==j||j==k||k==i) continue;
  if(a[i]-a[j]==a[k])
    printf("%lf-%lf=%lf\n",a[i],a [j],a[k]);
}
}
```

【习题 5.3】完成下列各数组的数组说明语句。

（1）定义一个有 100 个数组元素的整型一维数组 r。

（2）定义一个有 100 行 100 列的实型二维数组 s。

（3）定义一个整型三维数组 t，第一维长度为 3，第二维长度为 4，第三维长度为 5。

（4）定义一个实型四维数组 q，第一维长度为 6，第二维长度为 5，第三维长度为 4，第四维长度为 3。

程序如下：

```
/*c5_3.c*/
int r[100];
float s[100][100];
int t[3][4][5];
float q[6][5][4][3];
```

【习题 5.5】按下列要求完成对各数组的初始化数组语句。

（1）实型一维数组 A[12]，其各元素值在内存中排列的顺序为：

1.0, 15.5, 9.5, -23.0, 8.4, 66.5, 7.1, 22.0, 54.5, -34.0, 11.3, 32.0

（2）整型二维数组 A[3][3]，其各元素值在内存中排列的顺序为：

1, 2, 3, 4, 5, 6, 7, 8, 9

（3）实型三维数组 A[2][3][2]，其各元素值在内存中排列的顺序为：

1.0, 15.5, 9.5, -23, 8.4, 66.5, 7.1, 22.0, 54.5, -34, 11.3, 32.0

程序如下：

```
/*c5_5.c*/
float a[12]={1.0,15.5,9.5,-23.0,8.4,66.5,7.1,22.0,54.5,-34.0,11.3,32.0};
int a[3][3]={1,2,3,4,5,6,7,8,9};
float a[2][3][2]={1.0,15.5,9.5,-23,8.4,66.5,7.1,22.0,54.5,-34,11.3,32.0};
```

【习题 5.7】有一整型二维数组 a[10][10], 按下列要求写出下列各题 C 语言程序段。

（1）按行输出所有的数组元素。

（2）按列输出所有的数组元素。

（3）输出主对角线上的所有元素。

（4）输出副对角线上的所有元素。

（5）输出上三角阵（包含主对角线元素）的所有元素。

（6）输出上三角阵（包含副对角线元素）的所有元素。

（7）输出下三角阵（包含主对角线元素）的所有元素。

（8）输出下三角阵（包含副对角线元素）的所有元素。

程序如下：

```c
/*c5_7.c*/
#include <stdio.h>
void main()
{
  int a[10][10];
  int i,j,k;
  for(i=0;i<10;i++)
  for(j=0;j<10;j++)
    a[i][j]=i*10+j;
  printf("==1==\n");
  for(i=0;i<10;i++)
  {
    for(j=0;j<10;j++)
    printf("%3d",a[i][j]);
    printf("\n");
  }
  printf("\n");
  printf("==2==\n");
  fori=0;i<10;i++)
  {
    for(j=0;j<10;j++)
    printf("%3d",a[j][i]);
    printf("\n");
  }
  printf("\n");
  printf("==3==\n");
  for(i=0;i<10;i++)
  {
    for(j=0;j<10;j++)
      if(i==j)
        printf("%3d",a[i][j]);
      else
        printf("   ");
    printf("\n");
  }
  printf("\n");
  printf("==4==\n");
  for(i=0;i<10;i++)
  {
    for(j=0;j<10;j++)
```

```
      if(i+j==10-1)
        printf("%3d",a[i][j]);
      else
        printf("   ");
    printf("\n");
  }
  printf("\n");
  printf("==5==\n");
  for(i=0;i<10;i++)
  {
    for(j=0;j<10;j++)
      if(i<=j)
        printf("%3d",a[i][j]);
      else
        printf("   ");
    printf("\n");
  }
  printf("\n");
  printf("==6==\n");
  for(i=0;i<10;i++)
  {
    for(j=0;j<10;j++)
      if(j<10-i)
        printf("%3d",a[i][j]);
      else
        printf("   ");
    printf("\n");
  }
  printf("\n");
  printf("==7==\n");
  for(i=0;i<10;i++)
  {
    for(j=0;j<10;j++)
      if(i>=j)
        printf("%3d",a[i][j]);
      else
        printf("   ");
    printf("\n");
  }
  printf("\n");
  printf("==8==\n");
  for(i=0;i<10;i++)
  {
    for(j=0;j<10;j++)
      if(j>=9-i)
        printf("%3d",a[i][j]);
      else
        printf("   ");
    printf("\n");
  }
  printf("\n");
}
```

【习题 5.9】编写一个程序，完成 5.1 题的要求。

程序如下：

```
/*c5_9.c*/
#include <stdio.h>
void main()
{
    double a[12]={1.0,15.5,9.5,-23,8.4,66.5,7.1,22.0,54.5,-34,11.3,32.5};
    int i,j,k;
    double max,min;
    min=a[0];
    for(i=0;i<12;i++)
        if(min>a[i]) min=a[i];
    printf("min=%lf\n",min);
    max=a[0];
    for(i=0;i<12;i++)
        if(max<a[i]) max=a[i];
    printf("max=%lf\n",max);
    for(i=0;i<12;i++)
    for(j=0;j<12;j++)
    for(k=0;k<12;k++)
    {
        if(i==j||j==k||k==i) continue;
        if(a[i]+a[j]==a[k])
            printf("%lf+%lf=%lf \n",a[i],a[j],a[k]);
    }
    for(i=0;i<12;i++)
    for(j=0;j<12;j++)
    for(k=0;k<12;k++)
    {
        if(i==j||j==k||k==i) continue;
        if(a[i]-a[j]==a[k])
            printf("%lf-%lf=%lf \n",a[i],a[j],a[k]);
    }

}
```

【习题 5.11】对给定的整型一维数组 a[100]赋值，要求给奇数下标值的元素赋负值，偶数下标值的元素赋正值。

程序如下：

```
/*c5_11.c*/
#include <stdio.h>
void main()
{
    int a[100];
    int i,j,k;
    for(i=0;i<100;i++)
        if(i%2==1)
            a[i]=-1;
        else
            a[i]=1;
}
```

【习题 5.13】对稀疏数组 a[20]（所谓稀疏数组，即有若干数组元素值为 0 的数组），编写一个程序，将所有非零元素值按紧密排列形式转移到数组的前端。（要求：程序中不再开辟其他的单

元作为数组元素值的缓存单元）

程序如下：

```
/*c5_13.c*/
#include <stdio.h>
void main()
{
  int a[20]={0,0,1,0,2,0,0,0,3,4,0,0,0,0,0,5,0,0,6,0};
  int i,j,k;
  for(i=0;i<20;i++)
    printf("%3d",a[i]);
  printf("\n");
  for(i=1;i<20;i++)
  {
    if(a[i]==0) continue;
    for(k=i-1;k>=0;k--)
      if(a[k]!=0) break;
    if(k==i-1) continue;
    a[k+1]=a[i];
    a[i]=0;
  }
  for(i=0;i<20;i++)
    printf("%3d",a[i]);
  printf("\n");
}
```

【习题 5.15】试编写一个程序，把下面的矩阵 a 转置成矩阵 b 的形式。（用两种算法完成）

$$a = \begin{bmatrix} 1 & 2 & 5 \\ 3 & 4 & 8 \\ 6 & 7 & 9 \end{bmatrix} \qquad b = \begin{bmatrix} 9 & 7 & 6 \\ 8 & 4 & 3 \\ 5 & 2 & 1 \end{bmatrix}$$

程序如下：

```
/*c5_15.c*/
#include <stdio.h>
void main()
{
  int a[3][3]={1,2,5,3,4,8,6,7,9};
  int i,j,k;
  for(i=0;i<3;i++)
  {
    for(j=0;j<3;j++)
      printf("%3d",a[i][j]);
    printf("\n");
  }
  printf("\n");
    /*  method 1
  for(i=0;i<3;i++)
  {
    k=a[0][i];
    a[0][i]=a[2][i];
    a[2][i]=k;
  }
```

```
   for(i=0;i<3;i++)
   {
     k=a[i][0];
     a[i][0]=a[i][2];
     a[i][2]=k;
   } */
     /*  method 2 */
   for(i=0;i<3;i++)
   {
     k=a[0][i];
     a[0][i]=a[2][2-i];
     a[2][2-i]=k;
   }
   k=a[1][0];
   a[1][0]=a[1][2];
   a[1][2]=k;
   for(i=0;i<3;i++)
   {
     for(j=0;j<3;j++)
       printf("%3d",a[i][j]);
     printf("\n");
   }
   printf("\n");
}
```

【习题 5.17】按如下图案打印杨辉三角形的前 10 行。杨辉三角形是由二项式定理系数表组成的图型，其特点是两个腰上的数都为 1，其他位置上的每一个数是它上一行相邻的两个整数之和。

```
                1
              1   1
            1   2   1
          1   3   3   1
        1   4   6   4   1
      1   5  10  10   5   1
      . . . . . . . . . . . . . . . . . . . . . .
```

程序如下：

```
/*c5_17.c*/
#include <stdio.h>
void main()
{
  int a[10][10]={0};
  int i,j,k;
  for(i=0;i<10;i++)
    a[i][0]=1;
  for(i=1;i<10;i++)
  for(j=1;j<=i;j++)
    a[i][j]=a[i-1][j-1]+a[i-1][j];
  for(i=0;i<10;i++)
  {
    for(j=0;j<10-i;j++)
      printf("  ");
    for(j=0;j<=i;j++)
```

```
      printf("%6d",a[i][j]);
    printf("\n");
  }
}
```

【习题 5.19】编写一个程序,求一个二维矩阵的转置矩阵,即将原矩阵行列互换的结果。

程序如下:

```
/*c5_19.c*/
#include <stdio.h>
#define N 7
void main()
{
  int a[N][N];
  int i,j,k;
  for(i=0;i<N;i++)
  for(j=0;j<N;j++)
   a[i][j]=i*N+j;
  for(i=0;i<N;i++)
  {
   for(j=0;j<N;j++)
     printf("%3d",a[i][j]);
   printf("\n");
  }
  printf("\n");
  for(i=0;i<N;i++)
  for(j=i+1;j<N;j++)
  {
   k=a[i][j];
   a[i][j]=a[j][i];
   a[j][i]=k;
  }
  for(i=0;i<N;i++)
  {
   for(j=0;j<N;j++)
     printf("%3d",a[i][j]);
   printf("\n");
  }
  printf("\n");

}
```

【习题 5.21】输入一串字符,分别统计其中数字 0,1,2,…,9 和各字母出现的次数,并按出现的多少输出。(先输出出现次数多的字母,次数相同的按字母表顺序输出,不出现的字母不输出)

程序如下:

```
/*c5_21.c*/
#include <stdio.h>
void main()
{
  int a[256];
  int b[256]={0};
```

```
    int i,j,k,max;
    char s[]="askjdhsdjfg123sdfjkzxc";
    for(i=0;i<256;i++)
      a[i]=i;
    for(i=0;s[i]!=0;i++)
      b[s[i]]++;
    for(i=0;i<256-1;i++)
    {
      max=i;
      for(j=i+1;j<256;j++)
        if(b[max]<b[j]) max=j;
      if(max==i) continue;
      k=a[i];a[i]=a[max];a[max]=k;
      k=b[i];b[i]=b[max];b[max]=k;
    }
    for(i=0;i<256&&b[i]!=0;i++)
      printf("char%c:%dtimes\n",a[i],b[i]);
}
```

【习题 5.23】有一篇文章共有 3 行文字，每行有 80 个字符。要求统计出其中英文大写字母、小写字母、数字、空格以及其他字符的个数。

程序如下：

```
/*c5_23.c*/
#include <stdio.h>
void main()
{
  int i;
  char s[]="AMsNJasH00askj dh  sdjfg~!123#@@sdfjkzxc";
  char *t[5]={"Blank","Digit","Upper","Lower","Other"};
  int count[5]={0};
  char ch;
  for(i=0;s[i]!=0;i++)
  {
    ch=s[i];
    if(ch==' ')
      count[0]++;
    else if(ch>='0'&&ch<='9')
      count[1]++;
    else if(ch>='A'&&ch<='Z')
      count[2]++;
    else if(ch>='a'&&ch<='z')
      count[3]++;
    else
      count[4]++;
  }
  for(i=0;i<5;i++)
    printf("%s:%dtimes\n",t[i],count[i]);
}
```

【习题 5.25】编写一个程序，将两个字符串 s1 和 s2 比较。若 s1>s2，输出正数 1；若 s1 等于 s2，输出 0；若 s1<s2，输出负数-1。（要求：不能使用 strcmp 函数）

程序如下：

```
/*c5_25.c*/
#include <stdio.h>
void main()
{
    int i,t;
    char s1[]="asd0123";
    char s2[]="asd123";
    for(i=0; ;i++)
    {
        t=s1[i]-s2[i];
        if (t!=0||(s1[i]==0)) break;

    }
    printf("code=%d\n",t);

}
```

【例题 5.25】源程序一行程序。如满分含的倒[s] BU2[25]3，否则[s]本3[25]满[25]值U[I[]重复1，若这样。
分。如此[s]25，每行[s]-15，为底处，本数组用 temp即中[25]3。
程序如下：

第6章
函数和模块设计

6.1 知 识 要 点

1. 结构化程序设计的基本概念。
2. 定义函数的方法。
3. 函数实参与形参的对应关系以及"值传递"和"地址传递"的方式。
4. 函数的嵌套调用和递归调用的方法。
5. 全局变量、局部变量、动态变量、静态变量的概念和使用方法。
6. 变量的作用域和存储类型。
7. 内部函数和外部函数，多文件程序的编译和运行。
8. 模块化程序设计。

6.2 重点与难点解析

【例题 6-1】 自定义函数求 3*3 矩阵的转置矩阵。

【解析】 解题的关键在于进行行列下标转换的算法，由矩阵的对称性不难看出，在进行行列互换时 a[i][j]正好是与 a[j][i]互换，因而只要让程序走完矩阵的左上角即可。用 for(i=0;i<2;i++)再套 for(j=i+1;j<3;j++)来完成左上角的走动。

参考源程序：

```
#include <stdio.h>
int fun(int array[3][3])
{ int i,j,t;
  for(i=0;i<2;i++)
  for(j=i+1;j<3;j++)
  { t=array[i][j];array[i][j]=array[j][i];array[j][i]=t;  }
 }
 void main()
{ int i,j;
  int array[3][3]={{100,200,300},{400,500,600},{700,800,900}};
  clrscr();
  for(i=0;i<3;i++)
  { for(j=0;j<3;j++)
```

```
        printf("%7d",array[i][j]);
     printf("\n");
   }
   fun(array);
   printf("转置矩阵是:\n");
   for(i=0;i<3;i++)
   {  for(j=0;j<3;j++)
        printf("%7d",array[i][j]);
     printf("\n");
   }
}
```

【例题 6-2】 一个班学生的成绩已存入一个一维数组中，调用函数求平均成绩。

程序如下：

```
#define N 10
float average(float x[N])
{ float sum=0,aver;
  int k;
  for(k=0;k<N;k++) sum+=x[k];
  aver=sum/N;
  return aver;
}
void main()
{ float cj[N],aver;
  int k;
  printf("input %d scores:\n",N);
  for(k=0;k<N;k++) scanf("%f",&cj[k]);
  aver=average(cj);
  printf("average score is:%6.2f\n",aver);
}
```

【例题 6-3】 在主函数中输入一个整数，调用函数判断是否为素数。

程序如下：

```
void main()
 { int y,yes,leap(int y);
   printf("input year:");
   scanf("%d",&y);
   yes=leap(y);
   if(yes) printf("%d is a leap year.",y);
   else printf("%d is not a leap year.",y);
 }
int leap(int y)
{ if(y%4==0&&y%100!=0||y%400==0) return 1;
  else return 0;
 }
```

【例题 6-4】 利用递归方法求 $n!$。

【解析】

计算 $n!$ 的递归公式表示如下： $n! = \begin{cases} 1 & (n=0,1) \\ \\ n(n-1) & (n>1) \end{cases}$

例如 $n=5$，那么 5!=4!×5，而 4! = 3! × 4…1! = 1。递归的结束条件是 $n=0$。

程序源代码：

```
float fac(int n)
{
    float f;
    if(n<0)
    { printf("n<0, dataerror!")
        f=-1;
    }
    else
        if(n = = 0‖n = = 1)
        f=1;
        else
        f = fac(n-1)*n;
return(f);
}
void main()
{
    int n;
    float y;
    printf("input a integer number:");
    scanf("%d",&n);
    y = fac(n);
    printf("%d! = %15. 0f",n,y);
}
```

6.3 测 试 题

6.3.1 单项选择题

1. 以下正确的函数定义是（   ）。

   A. double fun(int x,int y)   B. double fun(int x,y)

   { z=x+y; return z; }   { int z; return z;}

   C. fun(x,y)   D. double fun(int x,int y)

   { int x,y; double z;   { double z=0;

   z=x+y; return z; }   return z; }

2. 若调用一个函数，且此函数中没有 return 语句，则正确的说法是（   ）。

   A. 该函数没有返回值   B. 该函数返回若干个系统默认值

   C. 能返回一个用户所希望的函数值   D. 返回一个不确定的值

3. 以下不正确的说法是（   ）。

   A. 实参可以是常量、变量或表达   B. 形参可以是常量、变量或表达式

   C. 实参可以为任意类型   D. 形参和实参类型不一致时以形参类型为准

4. C语言规定，简单变量做实参时，它和对应的形参之间的数据传递方式是（   ）。

   A. 地址传递   B. 值传递

   C. 有实参传给形参，再由形参传给实参 D. 由用户指定传递方式

5. C 语言规定，函数返回值的类型是（　　　）。

    A. return 语句中的表达式类型　　　　B. 调用该函数时的主调函数类型

    C. 调用该函数时由系统临时　　　　　D. 在定义函数时所指定的函数类型

6. 若用数组名作为函数调用的实参，传递给形参的是（　　　）。

    A. 数组的首地址　　　　　　　　　　B. 数组中第一个元素的值

    C. 数组中的全部元素的值　　　　　　D. 数组元素的个数

7. 如果在一个函数中的复合语句中定义了一个变量，则该变量（　　　）。

    A. 只在该复合语句中有定义　　　　　B. 在该函数中有定义

    C. 在本程序范围内有定义　　　　　　D. 为非法变量

8. 关于函数声明，以下不正确的说法是（　　　）。

    A. 如果函数定义出现在函数调用之前，可以不必加函数原型声明

    B. 若在所有函数定义之前，在函数外部已做了声明，则各个主调函数不必再做函数原型声明

    C. 函数再调用之前，一定要声明函数原型，保证编译系统进行全面调用检查

    D. 标准库不需要函数原型声明

9. 下面程序的输出是（　　　）。

```
int i=2;
printf("%d%d%d",i*=2,++i,i++);
```

    A. 8 4 2　　　　　B. 8 4 3　　　　　C. 4 4 5　　　　　D. 6 3 2

10. 以下不正确的说法是（　　　）。

    A. 全局变量、静态变量的初值是在编译时指定的

    B. 静态变量如果没有指定初值，则其初值为 0

    C. 局部变量如果没有指定初值，则其初值不确定

    D. 函数中的静态变量在函数每次调用时，都会重新设置初值

6.3.2 填空题

1. 下面函数用"折半查找法"从有 10 个数的 a 数组中对关键字 m 查找，若找到，返回其下标值，否则返回 –1。请填空使程序完整。

经典算法提示：折半查找法的思路是先确定待查元素的范围，将其分成两半，然后比较位于中间点元素的值。如果该待查元素的值大于中间点元素的值，则将范围重新定义为大于中间点元素的范围，反之亦反。

```
int search(int a[10],int m)
{ int x1=0,x2=0,mid;
   while(x1<=x2)
     {
        mid=(x1+x2)/2;
        if(m<a[mid])
           ①;
        else if(m>a[mid])
           ②;
        else
          return (mid);
```

```
    }
    return (-1);
}
```

2. del 函数的作用是删除有序数组 a 中的指定元素 x，n 为数组 a 的元素个数，函数返回删除后的数组 a 元素个数。请填空使程序完整。

```
int del(int a[10],int n,int x)
{ int p=0,i ;
  while(x>=a[p]&&p<n) ①;
  for(i=p-1;i<n;i++) ②;
  return (n-1);
}
```

3. 下面函数 fun 的功能是：依次取出字符串中所有数字字符，形成新的字符串，并取代原字符串。

```
void fun(char s[ ])
{ int i,j;
  for(i=0,j=0;s[i]!='\0';i++)
      if(①)
      {
          s[j]=s[i];
          ②;
      }
  s[j]='\0';
}
```

4. avg 函数的作用是计算数组 array 的平均值返回，请填空使程序完整。

```
float avg(float array[10])
{ int i;
  float avgr,sum=0;
  for(i=0;①;i++)
      sum+=②;
  avgr=sum/10;
      ③;
}
```

5. 下面函数 fun 的功能是：将长整型数中偶数位置上的数依次取出，构成一个新数返回，例如，当 s 中的数为：87653142 时，则返回的数为：8642。判断下面程序的正误，如果错误请改正过来，并填空使程序完整。

```
long fun(long s)
{ long t,sl=1;
    int d;
    t=0;
    while(s>0)
    {
        d=s%10;
        if(①)
        {
            t=②+t;
```

```
    sl*=10;
    }
    ③
    }
    return (t);
}
```

6.3.3　编程题

1. 某班有 5 个学生，3 门课。分别编写 3 个函数实现以下要求。

（1）求各门课的平均分。

（2）找出有 2 门以上不及格的学生，并输出其学号和不及格课程的成绩。

（3）找出 3 门课平均成绩在 85～90 分的学生，并输出其学号和姓名。

主程序输入 5 个学生的成绩，然后调用上述函数输出结果。

2. 写一函数将一字符串和一整数（先转化为字符串）连接为一字符串。

3. 编写函数 fun，其功能是：统计字符串 s 中各元音字母（即 A,E,I,O,U）的个数，注意：字母不分大、小写。

6.3.4　测试题参考答案

【6.3.1 单项选择题参考答案】

1. D　　2. D　　3. B　　4. B　　5. D　　6. A　　7. A　　8. C　　9. D　　10. D

【6.3.2 填空题参考答案】

1. ① x1=mid−1　　　　　　② x2=mid+1

2. ① p++　　　　　　　　② a[i]=a[i−1]

3. ① s[i]>= '0 '&&s[i]<= '9 '　　② j++

4. ① i<sizeof(array)　　② array[i]　　③ return (avgr)

5. ① d%2=0　　　　　② d*sl　　　　③ s\=10;

【6.3.3 编程题参考答案】

1. 程序如下：

```
#define SNUM 5                    /*student.number*/
#define CNUM 3                    /*course number*/
#include<stdio.h>
#include<conio.h>
        /*disp student info*/
void dispscore(char num[][6],char name[][20],float score[][CNUM])
{
  int i,j;
  printf("\n\nStudent Info and Score:\n");
  for(i=0;i<SNUM;i++)
  {
    printf("%s",num[i]);
    printf("%s",name[i]);
    for(j=0;j<CNUM;j++)
      printf("%8.2f",score[i][j]);
    printf("\n\n");
```

```
     }
   }
           /*calculate all student average score*/
void calaver(float score[][CNUM])
{
   float sum,aver;
   int i,j;
   for(i=0;i<CNUM;i++)
   {
     sum=0;
     for(j=0;j<SNUM;j++)
       sum=sum+score[j][i];
     aver=sum/SNUM;
     printf("Average score of course %d is %8.2f\n",i+1,aver);
   }
}
           /*Find student: two courses no pass*/
void findnopass(char num[][6],float score[][CNUM])
{
   int i,j,n;
   printf("\nTwo Course No Pass Students:\n");
   for(i=0;i<SNUM;i++)
   {
     n=0;
     for(j=0;j<CNUM;j++)
       if(score[i][j]<60) n++;
     if(n>=2)
     {
       printf("%s",num[i]);
       for(j=0;j<CNUM;j++)
         if(score[i][j]<60)
       printf("%8.2f",score[i][j]);
       printf("\n");
     }
   }
}
           /*Find student: three courses 85-90*/
void findgoodstud(char num[][6],char name[][20],float score[][CNUM])
{
   int i,j,n;
   printf("\nScore of three courses between 85 and 90:\n");
   for(i=0;i<SNUM;i++)
   {
     n=0;
     for(j=0;j<CNUM;j++)
       if(score[i][j]>=85&&score[i][j]<=90) n++;
     if(n==3) printf("%s %s\n",num[i],name[i]);
   }
}
         /*input student info*/
void main()
{
   char num[SNUM][6],name[SNUM][20];    //array num refers to student number
   float score[SNUM][CNUM];             //and its length is 6
   int i,j;
   clrscr();
```

```
    printf("\nPlease input student num and score:\n");
    for(i=0;i<SNUM;i++)
    {
        printf("\n\nStudent%d number:",i+1);
        scanf("%s",num[i]);
        printf("\nStudent%d name:",i+1);
        scanf("%s",name[i]);
        printf("\nStudent%d three scores:",i+1);
        for(j=0;j<CNUM;j++)
            scanf("%f",&score[i][j]);
    }
    dispscore(num,name,score);
    calaver(score);
    findnopass(num,score);
    findgoodstud(num,name,score);
    getch();
}
```

2. 程序如下：

解一：

```
#include <stdio.h>
#include <string.h>
void main( )
{ ver(int,char d[ ]);
  int n; char a[80],b[10];
  printf("输入一字符串:");
  scanf("%s",a);
  printf("输入一整数:");
  scanf("%d",&n);
  ver(n,b);
  printf("%s\n",strcat(a,b));
}
ver(int n,char d[ ])
{ static int i=0;
  if(n<0) { d[i++]='-';n=-n; }
  if(n>10) ver(n/10,d);
  d[i++]=n%10+'0';
  d[i]='\0';
}
```

解二：

```
#include <stdio.h>
#include <string.h>
void main( )
{ int n,i=0,j,k;
  char a[80],d[10],c;
  printf("输入一字符串:");
  scanf("%s",a);
  printf("输入一整数:");
  scanf("%d",&n);
  if(n<0) { c='-';n=-n; }
  for(;n;n/=10) { d[i]=n%10+'0';i++; }
  if(c=='-') d[i++]=c;
  d[i]='\0';
```

```
      for(j=0,k=i-1;j<k;j++,k--)
        c=d[k],d[k]=d[j],d[j]=c;
      printf("%s\n",strcat(a,d));
}
```

解三:

```
#include <stdio.h>
#include <string.h>
void main( )
{ int n,i=0,j,k;
  char a[80],d[10],c;
  printf("输入一字符串:");
  scanf("%s",a);
  printf("输入一整数:");
  scanf("%d",&n);
  if(n<0) { d[i++]='-';n=-n; }
  for(j=1,k=0;n>=j;j*=10,k++);
  d[k+i]='\0';
  for(j=k+i-1;n;n/=10)
    { d[j]=n%10+'0';j--; }
  printf("%s\n",strcat(a,d));
}
```

3. 程序如下:

```
fun(char s[ ],int num[5])
{ int k,i=5;
  for(k=0;k<i;k++)
    num[i]=0;
  for(k=0;s[k];k++)
  {
    i=-1;
    switch(s[k])
    {
      case 'a': case 'A': i=0;
      case 'e': case 'E': i=1;
      case 'i': case 'I': i=2;
      case 'o': case 'O': i=3;
      case 'u': case 'U': i=4;
    }
    if(i>=0) num[i]++;
  }
}
```

6.4 部分习题解答

【习题 6.1】更正下面函数中的错误。

（1）返回求 x 和 y 平方和的函数。

```
sum_of_sq(x,y)
{
  double x,y;
  return(x*x+y*y);
```

（2）返回求 x 和 y 为直角边的斜边的函数。

```
hypot(double x,double y)
{
  h=sqrt(x*x+y*y);
  return(h);
```

```
    }
程序如下：
/*c6_1(1).c*/
(1)
double sum_of_sq(double x,double y)
{
  return(x*x+y*y);
}
```

```
    }
/*c6_1(2).c*/
(2)
double hypot(double x,double y)
{
  double h;
  h=sqrt(x*x+y*y);
  return(h);
}
```

【习题 6.3】编写已知三角形三边求面积的函数，对于给定的 3 个量(正值)，按两边之和大于第三边的规定，判别其能否构成三角形，若能构成三角形，输出对应的三角形面积。要求主函数输入 10 组三角形三边，输出其构成三角形的情况。

程序如下：

```
/*c6_3.c*/
#include <stdio.h>
#include <math.h>
double s(double a,double b,double c)
{
  double s,ss;
  if(a+b<c||a+c<b||b+c<a)
  {
    printf("Error Data");
    return -1;
  }
  s=(a+b+c)/2;
  ss=sqrt(s*(s-a)*(s-b)*(s-c));
  printf("S=%lf",ss);
  return ss;
}
void main()
{
  int i;
  double a,b,c;
  for(i=0;i<10;i++)
  {
    scanf("%lf%lf%lf",&a,&b,&c);
    s(a,b,c);
  }
}
```

【习题 6.5】设有两个一维数组 a[100],b[100]，试编写程序分别将它们按升序排序，再将 a、b 两数组合并存入 c 数组。使得 c 数组也按升序排序。若 a，b 有相等的元素，则把 a 数组的相等元素优先存入 c 数组中(其中 c 数组为 c[200])。

程序如下：

```
/*c6_5.c*/
#include <stdio.h>
#include <math.h>
void sort(int a[],int size)
```

```
    {
        int i,j,k,min;
        for(i=0;i<size-1;i++)
        {
            min=i;
            for(j=i+1;j<size;j++)
                if(a[min]>a[j]) min=j;
            k=a[i];
            a[i]=a[min];
            a[min]=k;
        }
    }

    void main()
    {
        int a[100],b[100],c[200];
        int i,ia,ib,ic;
        for(i=0;i<100;i++)
        {
            a[i]=2*i+1;
            b[i]=2*i+2;
        }
        sort(a,100);
        sort(b,100);
        ia=0;
        ib=0;
        ic=0;
        for(;;)
        {
            if(a[ia]<b[ib])
                c[ic++]=a[ia++];
            else if(a[ia]>b[ib])
                c[ic++]=b[ib++];
            else
            {
                c[ic++]=a[ia++];
                ib++;
            }
            if(ia==100)
            {
                for(;ib<100;ib++)
                    c[ic++]=b[ib];
                break;
            }

            if(ib==100)
            {
                for(;ia<100;ia++)
                    c[ic++]=a[ia];
                break;
            }

        }
        for(i=0;i<ic;i++)
            printf("%4d",c[i]);
    }
```

【习题 6.7】编写一判别素数的函数，在主函数中输入一个整数，输出该数是否为素数的信息。
程序如下：

```
/*c6_7.c*/
#include<stdio.h>
int test(int t)
{
  int i;
  for(i=2;i<=t/2;i++)
    if(t%i==0)
      return 0;
    return 1;
}
void main()
{
  int n;
  scanf("%d",&n);
  printf("result=%d",test(n));
}
```

【习题 6.8】编写程序，实现由主函数输入 m，n，按下述公式计算并输出 C_m^n 的值。

$$C_m^n = \frac{m!}{n!(m-n)!}$$

程序如下：

```
/*c6_8.c*/
#include <stdio.h>
int func(int n)
{
  int i,s=1;
  for(i=1;i<=n;i++)
  {
    s=s*i;
  }
  return s;
}

void main()
{
  int m,n;
  scanf("%d%d",&m,&n);
  printf("%d",func(m)/(func(n)*func(m-n)));

}
```

【习题 6.10】编写一个实现 strcmp 函数功能的函数，并试用主函数调用之。
程序如下：

```
/*c6_10.c*/
#include <stdio.h>
int strcmp(char *s1,char *s2)
{
  int t;
  while((t=(*s1-*s2))==0 )
```

```
  {
      s1++;
      s2++;
      if(*s1==0) break;
  }
  return t;
}
void main()
{
  char *s1="Test1";
  char *s2="Test2";
  printf("strcmp %s,%s=%d",s1,s2,strcmp(s1,s2));
}
```

【习题 6.12】编写一个实现 strlen 函数功能的函数，并试用主函数调用之。

程序如下：

```
/*c6_12.c*/
#include <stdio.h>
int strlen(char *s)
{
  int t=0;
  while(*(s+t))
      t++;
  return t;
}
void main()
{
  char *s1="Test1";
  printf("strlen %s =%d",s1,strlen(s1));
}
```

【习题 6.14】编写一函数实现用弦截法求方程 $x^3-3x^2+3x-9=0$ 的近似根。主函数完成各系数值的输入及所求得的根值的输出。

程序如下：

```
/*c6_14.c*/
#include <stdio.h>
#include <math.h>
float f(float x)
{
  float y;
  y=((x-3.0)*x+3.0)*x-9.0;
  return (y);
}

float xpoint(float x1,float x2)
{
  float x;
  x=(x1*f(x2)-x2*f(x1))/(f(x2)-f(x1));
  return (x);
}

float root(float x1,float x2)
{
  float x,y,y1;
```

```
    y1=f(x1);
    do
    {
        x=xpoint(x1,x2);
        y=f(x);
        if(y*y>0)
        {
            y1=y;
            x1=x;
        }
        else
            x2=x;
    }while(fabs(y)>0.0001);
    return (x);
}
void main()
{
    float x1,x2,f1,f2,x;
    do
    {
      printf("\n Input X1,X2:");
      scanf("%f,%f",&x1,&x2);
      f1=f(x1);
      f2=f(x2);
    }while(f1*f2>=0);
    x=root(x1,x2);
    printf("Root is %f",x);
}
```

【习题 6.16】编写程序完成用递归方法求 n 阶勒让德多项式的值。递归公式为：

$$H_n(x) = \begin{cases} 1 & n=0 \\ x & n=1 \\ (2n-1) \cdot x \cdot H_n-1(x)-(n-1) \cdot H_n-2(x)/n & n>1 \end{cases}$$

程序如下：

```
/*c6_16.c*/
#include <stdio.h>
double func(int n,double x)
{
    switch(n)
    {
        case 0:
          return 1;
        case 1:
          return x;
        default:
          return (2*n-1)*x*func(n-1,x)-(n-1)*func(n-2,x)/n;
    }
}
void main()
{
    double x=0.1;
    int n=5;
    printf("%lf",func(n,x));
}
```

【习题 6.18】编写一个计算 x 的 y 次幂的递归函数，x 为 double 型，y 为 int 型，函数返回值为 double 型。函数中使用下面的格式：

```
power(x,0)=1.0;
power(x,y)=power(x,y-1)*x;
```

要求从主程序输入浮点数，调用这个递归函数，求其整数次幂。

程序如下：

```
/*c6_18.c*/
#include <stdio.h>
double power(double x,int y)
{
   switch(y)
   {
     case 0: return 1;
     default: return power(x,y-1)*x;
   }
}
void main()
{
   double x=2;
   int y=5;
   printf("%lf",power(x,y));

}
```

【习题 6.20】编写一个实现将十六进制数转换成相应十进制数的函数，并试用主函数调用之。

程序如下：

```
/*c6_20.c*/
#include <stdio.h>
int HexToInt(char *s)
{
  int n=0,t;
  char c;
  while(c=*s++)
  {
    t=0;
    if('0'<=c&&c<='9')
      t=c-'0';
    if('A'<=c&&c<='F')
      t=c-'A'+10;
    if('a'<=c&&c<='f')
      t=c-'a'+10;
    n=n*16+t;
  }
  return n;
}
void main()
{
   char *s="A00D";
   printf("%d",HexToInt(s));

}
```

【习题 6-22】编写一函数 aver(a,n)，其中 a 是整型一维数组，n 是 a 数组的长度，要求通过全局变量 pave 和 nave 将 a 数组中正数和负数的平均值传递给调用程序。

程序如下：

```
/*c6_22.c*/
#include <stdio.h>
double pave,nave;
void aver(int a[],int n)
{
    int i;
    int v1=0,v2=0,t1=0,t2=0;
    for(i=0;i<n;i++)
    {
        if(a[i]>0)
        {
            v1+=a[i];
            t1++;
        }
        else
        {
            v2+=a[i];
            t2++;
        }
    }
    pave=(double)v1/t1;
    nave=(double)v2/t2;
}
void main()
{
    int a[6]={1,4,5,-8,-1,-2};
    aver(a,6);
    printf("%lf,%lf",pave,nave);
}
```

【习题 6.24】输入 10 个学生的 3 门课的成绩，分别用函数求：

（1）每个学生的平均分；

（2）每门课的平均分；

（3）按学生平均分降序排列输出学生信息；

（4）统计不及格学生，输出其相应信息；

（5）编写一菜单主函数，菜单内容包括以上 4 部分。

程序如下：

```
/*c6_24.c*/
#include <stdio.h>
#include <conio.h>
#define N 2
int a[N][5]={1,50,70,80,0,2,70,80,90,0};
void func1()
{
    int i,j;
    double s;
    for(i=0;i<N;i++)
    {
        s=0;
```

```
            for(j=1;j<4;j++)
                s+=a[i][j];
            a[i][4]=s;
            printf("No:%d, avg=%lf \n",a[i][0],s/3);
        }
    }
    void func2()
    {
        int i,j;
        double s;
        for(i=1;i<4;i++)
        {
            s=0;
            for(j=0;j<N;j++)
                s+=a[j][i];
            printf("Class:%d,avg=%lf \n",i,s/N);
        }
    }
    void func3()
    {
        int i,j;
        int t,k;
        for(i=0;i<N-1;i++)
        {
            t=i;
            for(j=i+1;j<N;j++)
                if(a[t][4]<a[j][4]) t=j;
                if(t!=i)
                {
                    k=a[i][0];a[i][0]=a[t][0];a[t][0]=k;
                    k=a[i][1];a[i][1]=a[t][1];a[t][1]=k;
                    k=a[i][2];a[i][2]=a[t][2];a[t][2]=k;
                    k=a[i][3];a[i][3]=a[t][3];a[t][3]=k;
                    k=a[i][4];a[i][4]=a[t][4];a[t][4]=k;
                }
        }
        for(i=0;i<N;i++)
        {
            printf("No:%d, score: %d %d %d \n",a[i][0],a[i][1],a[i][2],a[i][3]);
        }
    }
    void func4()
    {
        int i;
        for(i=0;i<N;i++)
        {
            if(a[i][1]<60||a[i][2]<60||a[i][3]<60)
            printf("No:%dFailed,score:%d%d%d\n",a[i][0],a[i][1],a[i][2],a[i][3]);
        }
    }
    void main()
    {
        char c;
        do
        {
            clrscr();
```

```
    printf("1---func1\n");
    printf("2---func2\n");
    printf("3---func3\n");
    printf("4---func4\n");
    c=getch();
    switch(c)
    {
      case'1':func1();break;
      case'2':func2();break;
      case'3':func3();break;
      case'4':func4();break;
    }
    printf("Press any key to continue,Press\'N\'or\'n\' to Exit\n");
    c=getch();
  }while (!(c=='N'||c=='n'));
}
```

第7章
指针

7.1 知识要点

1. 地址与指针。
2. 指针变量的定义和引用。
3. 指针变量的运算。
4. 一维数组的指针表示。
5. 数组作函数参数时的指针表示。
6. 字符串的指针表示。
7. 指向多维数组的指针。
8. 指针数组的应用。
9. 多级指针的使用。
10. 函数指针的应用。
11. 返回指针的函数。
12. 命令行参数。
13. 关于指针复杂说明的理解。

7.2 重点与难点解析

【例题 7-1】变量的指针，其含义是指该变量的（　　　）。

A. 值　　　　　　　　B. 地址　　　　　　　　C. 名　　　　　　　　D. 一个标志

【解析】变量通常有 3 个特征：名字、地址和内容（值）。指针变量的含义是指该变量的地址。

【正确答案】B

【例题 7-2】若有语句 int *point,a=4;和 point=&a;，下面均代表地址的一组选项是（　　　）。

A. a,point,*&a　　　B. &*a,&a,*point　　　C. *&point,*point,&a　　D. &a,&*point,point

【解析】本例定义了一个指针变量 point，它指向整型变量 a，即 point 中存放的是 a 的地址。&是取地址运算符，其操作数是变量名，用来取变量的地址。*是间接访问运算符，它是&的逆运算，其操作数是地址表达式，运算的结果是以地址表达式的取值为指针所指向的对象。&和*都是左结合的单目运算符，故有&*point=&(*point)=&a，*&point=point=&a，那么&a、point、*&point 和*&point 都表示变量 a 的地址；a、*point、*&a 表示的是变量 a 的内容；而&*a 是非法的表达式，因为"*"后面只能是地址表达式，所以正确答案只能是 D。

【正确答案】 D

【例题 7-3】 设有定义：int a=0,*p=&a,**q=&p;，则以下选项中，正确的赋值语句是（　　　）。

A. p=1　　　　　　B. *q=2　　　　　　C. q=p　　　　　　D. *p=5

【解析】 根据定义可知，p 是一个指向整型变量 a 的指针，q 是一个指向指针 p 的指针，如图 7-1 所示。指针赋值运算原则：任何指针可以直接赋予同类型的指针变量；常数 0 和 NULL 可以赋给任意类型的指针变量；不同类型的指针之间必须通过类型强制转换后才能赋值，但 void *除外。不能将一个整数(常数 0 除外)赋予指针，因为整数不是地址数据。由此可知，选项 A 明显错误；选项 B 中的*q 实际就是指针 p，所以 B 等价于 p=2，同样错误；选项 C 中虽说 q 和 p 都是指针，但是二者类型不同，q 是 char ** 类型，而 p 是 char *类型，不同类型的指针之间必须通过类型强制转换后才能赋值，所以 C 错误。选项 D 是正确的，*p 实际就是变量 a，所以此句等价于 a=5，是正确的赋值语句。

図 7-1 右侧:

q	p	a
&p	&a	0

图 7-1　存储示意图

【正确答案】 D

【例题 7-4】 若有定义语句：int a[4]={0,1,2,3},*p; p=&a[1];，则++(*p)的值是（　　　）。

【解析】 根据定义可知，指针 p 指向 a[1]元素。表达式++(*p)中，*p 左右有改变优先级的小括号，所以首先计算*p，取 p 指向的对象 a[1]，即++(a[1])，由于自增运算符++是前置的，则是先对 a[1]做加 1 操作后再做其他的运算，所以最后表达式的值是 2。

本例中去掉*p 左右的小括号写成++*p 也是可以的，它和++(*p)是等价的，这是因为++和*都是优先级相同的左结合的单目运算符，根据运算规则，优先级相同时根据结合性来确定运算顺序，所以也是先计算*p，再做++操作。

【正确答案】 2

【例题 7-5】 设有语句：int a[ ]={1,2,3,4,5},*p,i; p=a; 且 0≤i＜5，则下列选项中对数组元素地址的正确表示是（　　　）。

A. &(a+i)　　　　B. a++　　　　　　C. &p　　　　　　D. &p[i]

【解析】 本例中指针 p 指向数组 a 的首地址。数组元素可以用下标法和指针法两种方法来表示，用指针法表示数组元素比用下标法更方便、快捷。选项 A 是错误的，因为&是取地址运算符，其操作数应该是变量名，用来取变量的地址，而数组名 a 是一个地址常量，a+i 表示的也是一个地址，所以这是一个非法表达式；同理，a 是个地址常量，它不能做自增运算，所以选项 B 也是非法表达式；选项 C 是一个合法的表达式，表示的也是一个地址，但是它不是数组元素的地址，而是指针变量 p 自身的存储地址，所以不正确；正确的答案是选项 D，由于 p=a，p[i]实际上就是 a[i]，而&p[i]就是 a[i]元素的地址。

【正确答案】 D

【例题 7-6】设有语句：char str[ ]="Hello",*p; p=str;，执行完上述语句后，*(p+5)的值是（　　）。

A. '0'　　　　　　B. '\0'　　　　　　C. '0'的地址　　　　　　D. 不确定的值

【解析】本例中定义了未指定数组大小的字符数组 str，但用字符串常量"Hello"进行了初始化，系统会根据初值字符串来确定 str 数组的长度，字符串常量"Hello"包含一个字符串结束符，因此系统会确定 str 的长度为 6。字符指针 p 指向数组 str 的首地址，即 p 中存放的是字符'H'的地址。p+5 就是使指针向后指 5 个同类型的数据，即往后指 5 个字符，指向的就是字符串结束符'\0'，如图 7-2 所示，所以正确答案是 B。

图 7-2 存储示意图

【正确答案】B

【例题 7-7】设有语句：int a[3][4],(*p)[4]; p=a;，则表达式*(p+1)等价于（　　）。

A. &a[0][1]　　　　B. a+1　　　　C. &a[1][0]　　　　D. a[1][0]

【解析】本例中 p 被定义成指向有 4 个元素的 int 型数组的指针变量，p 的类型为 int (*)[4]。(*p)效果上等同有 4 个元素的 int 数组的数组名，类型为 int *。a 是一个二维数组，它可以看成是由 3 个一维数组组成的一维数组。p 指向数组 a 的首地址，即*p 相当于 a 数组中第 1 个一维数组（第 0 行）的数组名，*(p+1)即相当于 a 数组中第 2 个一维数组（第 1 行）的数组名，那么*(p+1)等价于&a[1][0]。

【正确答案】C

【例题 7-8】以下程序运行后的输出结果是（　　）。

```c
#include <stdio.h>
void main(void)
{
    int a[ ]={1,2,3,4,5,6,7,8,9,10},*p=a+3,*q=NULL;
    *q=*(p+3) ;
    printf("%d  %d\n",*p,*q);
}
```

A. 运行后报错　　　B. 4 4　　　　C. 4 7　　　　D. 3 6

【解析】使用指针变量时要注意，必须给指针变量赋值，使指针指向一个明确的对象后，才能使用指针指向的对象。本例中 p 指针有明确的指向，所以*(p+3)是有意义的表达式；而 q 指针由于被初始化为 NULL，表示 q 指针不指向任何对象，那么在语句*q=*(p+3);中，将*(p+3)赋给 q 指向的对象就是无意义的。因此，本程序能成功编译但在运行时会报错。

【正确答案】A

【例题 7-9】已有定义 int (*p)( );，指针 p（　　）。

A. 代表函数返回值　　　　　　　　B. 指向函数入口地址

C. 表示函数类型　　　　　　　　　D. 表示函数返回值类型

【解析】本例中 p 被定义成一个指向函数的指针，它是一个存放函数入口地址的指针变量。该函数的返回值(函数值)是整型。

【正确答案】B

【例题 7-10】设有语句：int a[3][2]={1,2,3,4,5,6},*p[3]; p[0]=a[1];，则*(p[0]+1)所代表的数组

元素是（　　）。

A. a[0][0]　　　　　　B. a[1][0]　　　　　　C. a[1][1]　　　　　　D. a[1][2]

【解析】本例中定义的 int *p[3];，表示 p 是一个指针数组，3 个数组元素 p[0]，p[1]，p[2]均为指针变量，类型为 int *。通过赋值语句 p[0]=a[1];，p[0]即指向数组 a 的第一行的首地址，相当于第一行这个一维数组的数组名，p[0]+1 表示指向下一个与 p[0]指向的对象同类型的数据，即指向 a[1][1]元素，*(p[0]+1)即为元素 a[1][1]。

【正确答案】C

【例题 7-11】以下程序运行后的输出结果是（　　）。

```
#include <stdio.h>
void main(void)
{
    char str[ ][10]={"China","Beijing"},*p=&str[0][0];
    printf("%s\n",p+10);
}
```

A. China　　　　　　B. Beijing　　　　　　C. ng　　　　　　D. ing

【解析】本例中指针 p 被定义成 char *型，所以它指向的对象是字符型的数据。p 通过初始化后指向的是 str 数组的首地址，实际上指向的就是 str 数组中的第一个字符'C'，p+10 即是使 p 指向它后面第 10 个与 p 指向的对象同类型的数据，即向后指 10 个字符。由于 str 是 2×10 的字符数组，所以 p+10 就指向了字符'B'，再将 p+10 作为字符串的首地址输出，于是程序运行后的输出结果应该是 Beijing。

【正确答案】B

【例题 7-12】程序有说明：void *fun( );，此说明的含义是（　　）。

A. fun 函数无返回值　　　　　　　　　　B. fun 函数的返回值可以是任意的数据类型
C. fun 函数的返回值是无值型的指针类型　D. 指针 fun 指向一个函数，该函数无返回值

【解析】"*函数名(形参表)"是指针函数说明符，*fun( )说明 fun 是一个返回指针的函数，类型说明符 void 表示 fun 函数返回的指针是 void 类型的，即无值型，所以选项 C 正确。

注意区别 void (*fun)( );，这是一个变量说明，说明 fun 是一个指向函数入口地址的指针变量，该函数的返回值是 void 类型，它和本例是两个完全不同的概念。

【正确答案】C

【例题 7-13】以下程序运行后的输出结果是（　　）。

```
#include <stdio.h>
void main(void)
{
    int a[ ]={1,2,3,4,5};
    int y,*p=&a[2];
    y=(*--p)++;
    printf("%d\t",y);
    printf("%d\t",a[1]);
    printf("%d\n",*p);
}
```

【解析】本例中 p 初始化后指向 a[2]元素，赋值语句 y=(*--p)++中有改变运算优先级的小括号，因此应先计算小括号中的内容，*和--都是左结合的单目运算符，应该是先计算--p，--p 即是使 p 指针指向前面一个与 p 指向的对象同类型的数据，所以--p 的结果指向 a[1]元素；下一步再计算*p，也就是取 p 指针指向的对象，即 a[1]元素，计算到这里，原赋值语句就相当于 y=a[1]++；此时，由于++是后置自增运算符，所以先执行 y=a[1]，即 y=2，然后将 a[1]自增 1，即 a[1]=3；而由于 p 指针是指向 a[1]元素的，所以*p=3。

【正确答案】2   3   3

【例题 7-14】若有定义：int a[3][4],i,j;（且 0≤i<3,0≤j<4），则 a 数组中任一元素可用 5 种形式引用。它们是：

（1）a[i][j]

（2）*(a[i]+j)

（3）*(*___①___)

（4）(___②___)[j]

（5）*(___③___+4*i+j)

【解析】数组在实现方法上只有一维的概念，多维数组被看成以下一级数组为元素的数组。多维数组的数组名是指向下一级数组的指针，多维数组的元素是指向下一级数组的元素的指针。本例中数组 a 是一个 3 行 4 列的二维整型数组。a 是二维数组名、地址常量，a 的值等于&a[0][0]，代表第 0 行的首地址，a 指向的是由 4 个 int 型整数组成的一维数组。所以 a 和 a+i 是 int (*)[4]类型的指针，即一维数组的指针。根据数组元素的下标法和指针法，数组元素可以表示成多种形式。具体请参见教材 7.4.1 小节多维数组的处理。

【正确答案】① (a+i)+j   ② *(a+i)   ③ a[0]

【例题 7-15】以下程序运行后的输出结果是（   ）。

```c
#include<stdio.h>
void main(void)
{ char *a[ ]={"Fortran","C language","Java","Coble"};
  char **p;
  int i;
  p=a+3;
  for(i=3;i>=0;i--)
    printf("%s\n",*(p--));
}
```

【解析】字符指针数组常用来表示字符串数组。本例中 a 就是一个长度为 4 的字符指针数组，该数组的元素是 char *类型的。a[i]或者*(a+i) 表示第 i 个字符串的首地址，等同于一个字符数组名，是 char *变量。p 是一个指向字符指针变量的指针，即二级字符指针，被赋值为指向字符串数组中第 3 个字符串的首地址。程序中 for 循环是将字符串数组中的字符串通过*(p--)逆序输出。

【正确答案】Coble

        Java
        C language
        Fortran

【例题 7-16】以下程序运行后的输出结果是（　　　　）。

```c
#include <stdio.h>
void main(void)
{
    int a[][3]={{1,2,3},{4,5},{6}};
    int i,*p=a[0],(*q)[3]=a;
    for(i=0;i<3;i++)
      printf(" %d",*++p);
    printf("\n");
    for(i=0;i<3;i++)
      printf(" %d",*(*(q+i)+1));
    printf("\n");
}
```

【解析】本例中 p 是一级指针，开始指向 a[0][0]，循环语句执行了 3 次，每次是将 p 先加 1，因此，第 1 次加 1 后 p 指向 a[0][1]，然后是 a[0][2] 和 a[1][0]，所以会输出 2，3，4。q 是指向数组的指针，q+0 指向 a[0]，q+1 指向 a[1]，q+2 指向 a[2]，则*(q+0)+1 指向 a[0][1]，*(q+1)+1 指向 a[1][1]，*(q+2)+1 指向 a[2][1]，所以会输出 2，5，0。

【正确答案】　　2　3　4
　　　　　　　　2　5　0

7.3　测　试　题

7.3.1　单项选择题

1. 已有定义：int i,a[10],*p;，则合法的赋值语句是（　　　　）。

   A. p=100 　　　　B. p=a[5] 　　　　C. p=a[2]+2 　　　　D. p=a+2

2. 若有以下说明和语句：int c[4][5],(*p)[5];p=c;，能正确引用 c 数组元素的是（　　　　）。

   A. p+1 　　　　B. *(p+3) 　　　　C. *(p+1)+3 　　　　D. *(p[0]+2)

3. 程序中若有如下说明和定义语句：

```c
char fun(char *);
void main(void)
{
    char *s="one",a[5]={0},(*f1)( )=fun,ch ;
    ...
}
```

以下选项中对函数 fun 的正确调用语句是（　　　　）。

   A. (*f1)(a) 　　　　B. *f1(*s) 　　　　C. fun(&a) 　　　　D. ch=*f1(s)

4. 有以下函数：

```c
fun(char *a,char *b)
{
    while((*a!='\0')&&(*b!='\0')&&(*a==*b))
    { a++; b++; }
    return(*a-*b);
}
```

该函数的功能是（　　　）。

  A. 计算 a 和 b 所指字符串的长度之差

  B. 将 b 所指字符串连接到 a 所指字符串中

  C. 将 b 所指字符串连接到 a 所指字符串后面

  D. 比较 a 和 b 所指字符串的大小

5. 设有定义：int a,*pa=&a;，以下 scanf 语句中能为变量 a 正确读入数据的是（　　　）。

  A. scanf("%d",pa); B. scanf("%d",a); C. scanf("%d",&pa); D. scanf("%d",*pa);

6. 若有说明：int *p,m=5,n;，以下正确的程序段是（　　　）。

  A. p=&n;   B. p=&n;

   scanf("%d",&p);   scanf("%d",*p);

  C. scanf("%d",&n);   D. p=&n;

   *p=n;   *p=m;

7. 设 p1 和 p2 是指向同一个字符串的指针变量，c 为字符变量，则以下不能正确执行的赋值语句是（　　　）。

  A. c=*p1+*p2 B. p2=c   C. p1=p2   D. c=*p1*(*p2)

8. 若有说明语句：char a[ ]="It is mine"; char *p="It is mine";，则以下不正确的叙述是（　　　）。

  A. a+1 表示的是字符 t 的地址

  B. p 指向另外的字符串时，字符串的长度不受限制

  C. p 变量中存放的是地址值可以改变

  D. a 中只能存放 10 个字符

9. 若有定义：int a[2][3];，则对 a 数组的第 i 行第 j 列元素值的正确引用是（　　　）。

  A. *(*(a+i)+j) B. (a+i)[j]   C. *(a+i+j)   D. *(a+i)+j

10. 若有定义：int (*p)[4];，则标识符 p（　　　）。

  A. 是一个指向整型变量的指针

  B. 是一个指针数组名

  C. 是一个指针，它指向一个含有 4 个整型元素的一维数组

  D. 定义不合法

7.3.2　填空题

1. 下面程序的功能是将两个字符串 s1 和 s2 连接起来，请填空。

```c
#include<stdio.h>
void conj(char *p1,char *p2)
{
    char *p=p1;
    while(*p1)
    ①;
    while(*p2)
    {
        *p1=②;
        p1++;
        p2++;
    }
    ③;
```

```
}
void main(void)
{
    char s1[80],s2[80];
    gets(s1);
    gets(s2);
    conj(s1,s2);
    puts(s1);
}
```

2. 下面函数的功能是从输入的 10 个字符串中找出最长的那个串，请填空。

```
void fun(char str[10][50],char **sp)
{
    int i;
    *sp=①;
    for(i=1;i<10;i++)
        if(strlen(*sp)<strlen(str[i]))
            ②;
}
```

3. 下面函数的功能是统计存储在字符串的英文句子中单词的个数，单词之间用空格分隔，单词的个数作为函数的返回值，请填空。

```
int word(char *str)
{
    int count,flag;
    char *p;
    count=0;
    flag=0;
    p=str;
    while(①)
    {
        if(*p==' ')
            flag=0;
        else
            if(②)
            {
                flag=1;
                count++;
            }
        ③;
    }
    return count;
}
```

4. 下面程序的功能是将字符串中各字符间存储一个空格，如原字符串存储格式为 hello，插入空格后的存储格式为 h e l l o，请填空。

```
#include <stdio.h>
#include <string.h>
void insert(char *str)
{
    int i;
    i=strlen(str);
    while(i>0)
```

```
    {
        ①=(*(str+i));
        ②=' ';
        i--;
    }
}
void main(void)
{
    char s[80];
    gets(s);
    insert(s);
    puts(s);
}
```

5. 以下程序的功能是将一个字符串的各字符顺序向后移 *n* 个位置，最后 *n* 个字符变成最前面的 *n* 个字符，请填空。

```
#include <stdio.h>
#include <string.h>
void test(char *str,int n)
{
    char temp;
    int i;
    temp=①;
    for(i=n-1;i>0;i--)
      *(str+i)=*(str+i-1);
    ②=temp;
}
void main(void)
{
    char s[40]="abcedfghi";
    int i,n=3,len;
    len=③;
    for(i=1;i<=n;i++)
      test(s,len);
    puts(s);
}
```

7.3.3 编程题

1. 编写一个求字符串长度的函数（参数用指针），在主函数中输入字符串，并输出其长度。
2. 编写通过指针求整型数组平均值的函数，在主函数中输入数组，并输出平均值。
3. 编写程序，输入一个表示月份的整数，输出该月份的名字。
4. 输入一个字符串，判断是否回文。"回文"是指顺读和逆读都一样的字符串，如"abcba"。

7.3.4 测试题参考答案

【7.3.1 单项选择题参考答案】

1. D　2. D　3. A　4. D　5. A　6. D　7. B　8. D　9. A　10. C

【7.3.2 填空题参考答案】

1. ① p1++　　　　② *p2　　　　③ *p1='\0'
2. ① str[0]　　　② *sp=str[i]

3.　① `*p!='\0'`　　　② `flag==0`　　　③ `p++`

4.　① `*(str+2*i)`　　② `*(str+2*i-1)`

5.　① `*(str+n-1)`　　② `*(str)`　　　③ `strlen(s)`

【7.3.3 编程题参考答案】

1. 程序如下：

```c
#include <stdio.h>
int length(char *str)
{
    int len=0;
    while(*str!='\0')
    {
      len++;
      str++;
    }
    return len;
}
void main(void)
{
  char s[40];
  printf("输入字符串: ");
  gets(s);
  printf("字符串长度为: %d\n",length(s));
}
```

2. 程序如下：

```c
#include <stdio.h>
#define N 10
float average(int *a,int n)
{
    int sum=0,i;
    for(i=0;i<n;i++)
    {
      sum+=*a;
      a++;
    }
    return (float)sum/n;
}
void main(void)
{
  int array[N],i;
  printf("输入%d 个整数:",N);
  for(i=0;i<N;i++)
    scanf("%d",&array[i]);
  printf("平均值为: %.2f\n",average(array,N));
}
```

3. 程序如下：

```c
#include <stdio.h>
void main(void)
{
```

```
    int x;
    char*month[]={"Illegalmonth","January","February","March","April","May","June",
"July","August","September","October","November","December"};
    printf("输入月份: ");
    scanf("%d",&x);
    if(x>=1&&x<=12)
      printf("%s\n",month[x]);
    else
      printf("%s\n",month[0]);
}
```

4. 程序如下:

```
#include <stdio.h>
#include <string.h>
char *huiwen(char *str)
{
    char *p1,*p2;
    int i,t=0;
    p1=str;
    p2=str+strlen(str)-1;
    for(i=0;i<=strlen(str)/2;i++)
      if(*p1++!=*p2--)
      {
          t=1;
          break;
      }
    if(!t)
      return("yes!");
    else
      return ("no!");
}
void main(void)
{
    char str[50];
    printf("输入字符串: ");
    scanf("%s",str);
    printf("\n判断结果: %s\n",huiwen(str));
}
```

7.4 部分习题解答

【习题 7.1】输入 3 个整数，按从小到大的顺序输出。

程序如下:

```
/*c7_1.c*/
#include <stdio.h>
void swap(int *p1,int *p2)
{
    int p;
    p=*p1;
    *p1=*p2;
    *p2=p;
```

```
}
void main(void)
{
    int n1,n2,n3;
    int *pointer1,*pointer2,*pointer3;
    printf("请输入 3 个整数 n1,n2,n3: ");
    scanf("%d,%d,%d",&n1,&n2,&n3);
    pointer1=&n1;
    pointer2=&n2;
    pointer3=&n3;
    if(n1>n2) swap(pointer1,pointer2);
    if(n1>n3) swap(pointer1,pointer3);
    if(n2>n3) swap(pointer2,pointer3);
    printf("排序后 3 个整数为：%d,%d,%d\n",n1,n2,n3);
}
```

【习题 7.3】输入一个字符串，用指针方式逐一显示字符，并求其长度。

程序如下：

```
/*c7_3.c*/
#include <stdio.h>
#include <string.h>
void main(void)
{
    char str[100],*p;
    printf("输入字符串");
    gets(str);
    p=str;
    printf("结果输出:");
    while(*p!='\0')
    {
        printf("%c",*p);
        p++;
    }
    printf("\n 字符串长度=%d\n",p-str);
}
```

【习题 7.5】从键盘输入一个字符串，然后按照字符顺序从小到大进行排列，并删除重复的字符。

程序如下：

```
/*c7_5.c*/
#include <stdio.h>
#include <string.h>
void main(void)
{
    char str[100],*p,*q,*r,c;
    printf("输入字符串:");
    gets(str);
    for(p=str;*p;p++)
    {
      for(q=r=p;*q;q++)
        if(*r>*q) r=q;
      if(r!=p)
      {
```

```
            c=*r;
            *r=*p;
            *p=c;
        }
    }
    for(p=str;*p;p++)
    {
        for(q=p;*p==*q;q++);
        if(p!=q) strcpy(p+1,q);
    }
    printf("结果字符串是:%s\n",str);
}
```

【习题 7.7】不使用 strcpy 函数，实现字符串的复制功能。

程序如下：

```
/*c7_7.c*/
#include <stdio.h>
#include <string.h>
void copy_string(char *from,char *to)
{ for(;*from!='\0';from++,to++)
    *to=*from;
    *to='\0';
}

void main(void )
{ char s1[ ]="I am a teacher.",*a=s1;
  char s2[ ]="You are a student.",*b=s2;
  printf("string_a=%s\nstring_b=%s\n",a,b);
  copy_string(a,b);
  printf("\nstring_a=%s\nstring_b=%s\n",a,b);
}
```

【习题 7.9】用函数 void sort(int *p,int n)实现将 n 个数按递减排序，主函数中输入 n 个数并输出排序后的结果。

程序如下：

```
/*c7_9.c*/
#include <stdio.h>
void sort(int *p,int n)
{
    int i,j,m,t;
    for(i=0;i<n-1;i++)
    {
        m=i;
        for(j=i+1;j<n;j++)
            if(p[m]<p[j]) m=j;
        if(m!=i)
        {
            t=p[i];
            p[i]=p[m];
            p[m]=t;
        }
    }
```

```
}
void main(void)
{
    int a[10],i;
    printf("输入 10 个数: ");
    for(i=0;i<10;i++)
      scanf("%d",&a[i]);
    sort(a,10);
    printf("排序后结果: \n");
    for(i=0;i<10;i++)
      printf("%d ",a[i]);
}
```

【习题 7.11】有 n 个整数，使其前面各数顺序向后移 m 个位置，最后 m 个数变成最前面的 m 个数。

程序如下：

```
/*c7_11.c*/
#include <stdio.h>
void move(int array[20],int n,int m )
{
    int *p,array_end;
    array_end=*(array+n-1);
    for(p=array+n-1;p>array;p--)
      *p=*(p-1);
    *array=array_end;
    m--;
    if(m>0) move(array,n,m);
}
void main(void)
{
    int number[20],n,m,i;
    printf("the total numbers is:");
    scanf("%d",&n);
    printf("back m:");
    scanf("%d",&m);
    printf("enter the numbers(total=%d):",n);
    for(i=0;i<n;i++)
      scanf("%d",&number[i]);
    move(number,n,m);
    for(i=0;i<n;i++)
      printf("%d",number[i]);
    printf("\n");
}
```

【习题 7.13】设二维整型数组 da[4][3]，试用数组指针的方法，求每行元素的和。

程序如下：

```
/*c7_13.c*/
#include <stdio.h>
void main(void)
{
    int da[4][3]={1,2,3,4,5,6,7,8,9,10,11,12};
    int (*pa)[3];
```

```
    int i,j,s;
    for(i=0;i<4;i++)
    {
      pa=&da[i];
      s=0;
      for(j=0;j<3;j++)
        s+=(*pa)[j];
      printf("Row:%d Sum:%d\n",i,s);
    }
}
```

【习题 7.15】30 个学生，5 门课，要求在主函数中输入学生成绩，再分别调用各函数实现如下要求：

（1）求各门课程的平均分数；

（2）找出不及格学生，输出其序号及成绩；

（3）求每个学生的平均分。

程序如下：

```
/*c7_15.c*/
#include <stdio.h>
#define N 30
void course_aver(int b[N][6])
{
    int i,j,total;
    float average;
    for(j=1;j<=5;j++)
    {
      for(total=0,i=0;i<N;i++)
        total+=b[i][j];
      average=(float)total/N;
      printf("第%d门课程的平均分为:%.2f\n",j,average);
    }
}

void student_aver(int b[N][6])
{
    int i,j,total;
    float average;
    for(i=0;i<N;i++)
    {
      for(total=0,j=1;j<6;j++)
        total+=b[i][j];
      average=(float)total/5;
      printf("%d 号学生的平均分为:%.2f\n",b[i][0],average);
    }
}

void fail(int b[N][6])
{
    int i,j,count=0;
    printf("不及格的学生有:\n");
    for(i=0;i<N;i++)
    {
```

```
      for(j=1;j<=5;j++)
        if(b[i][j]<60) break;
      if(j<6)
      {
        count++;
        for(j=0;j<=5;j++)
          printf(" %d ",b[i][j]);
        printf("\n");
      }
    }
    printf("共%d人!\n",count);
}

void main(void)
{
    int a[N][6],i,j;
    for(i=0;i<N;i++)
    {
        a[i][0]=i+1;
        printf("请输入第%d个学生的 5 门成绩: \n",i+1);
        for(j=1;j<=5;j++)
        {
            printf("第%d门课程:",j);
            scanf("%d",&a[i][j]);
        }
    }
    course_aver(a);
    printf("\n");
    fail(a);
    printf("\n");
    student_aver(a);
}
```

【习题 7.17】定义一个存放学生姓名的指针数组。再设计一个根据学生姓名查找的函数，返回查找成功与否，并在主函数中显示查找结果。

程序如下：

```
/*c7_17.c*/
#include <stdio.h>
#include <string.h>
#define N 5
char *student[N]={"john","tom","mary","kate","peter"};
int search(char *name,int n)
{
   int i;
   for(i=0;i<n;i++)
   {
     if(strcmp(name,student[i])==0) return 1;
   }
   return 0;
}

void main(void)
{
```

```
    char na[10];
    int flag=0;
    do
    {    printf("enter name:");
        gets(na);
        if(search(na, N))
          printf("YES!\n");
        else
          printf("NO!\n");
        printf("continue?(1/0)");
        scanf("%d",&flag);
        getchar( );
    }while(flag);
}
```

【习题 7.19】使用命令行参数编写程序，能实现将一个任意正整数 *n* 变换成相应的二进制数输出。

程序如下：

```
/*c7_19.c*/
#include <stdio.h>
void main(int argc, char *argv[ ])
{
    int i,a=0;
    char *s;
    int t[100],count=0;
    if(argc<=1)
    {
        printf("请在命令行输入一个正整数! ");
        return;
    }
    s=argv[1];
    for(;*s;s++)
    {
      if('0'<=*s&&*s<='9')
        a=a*10+(*s-'0');
      else
        break;
    }
    while(a)
    {
      t[count++]=a%2;
      a/=2;
    }
    for(i=count-1;i>=0;i--)
    {
      printf("%d",t[i]);
    }
}
```

第8章 结构体与联合体

8.1 知 识 要 点

1. 结构体的说明：C 语言允许用户将不同类型的数据组合成一个有机的整体，用户可以自定义结构体类型，定义了结构体类型后，就可以定义相应类型的变量，并在其中顺序存放具体的数据。

2. 结构体变量运算：与结构体有关的运算符有&、*、.、->、=和 sizeof 等几种运算。

3. 结构体的应用：结构体常与指针配合用于建立动态数据结构，如链表等。

8.2 重点与难点解析

在现实世界中所处理的数据并非总是一个简单的整型、实型或字符型，如要处理的对象是学生，不可能孤立地考虑学生成绩，而割裂学生成绩与学生其他属性之间的内在联系，否则将导致操作不便或逻辑错误。为了解决这个问题就需要引入结构体类型，将逻辑相关的数据有机组合在一起。本章的重点是掌握结构体变量的定义和使用，本章的难点是掌握结构体数组、结构体指针的定义和使用。

【例题】已知今天的日期，编程求出明天的日期。例如，今天是 2007 年 12 月 31 日，则明天的日期应该是 2008 年 1 月 1 日。

【解析】C 语言中没有日期这种数据类型，需要采用结构体来定义。在计算日期时需要考虑到闰年，闰年的 2 月份为 29 天。闰年的计算规则是：能够被 4 整除的年份中去掉能够被 100 整除的年份再加上能够被 400 整除的年份，因此需要设计一个函数判断当前年份是否为闰年。计算明天的日期需要考虑 3 种情况：① 当前日期不是一个月的最后一天；② 当前日期是一个月的最后一天，但不是一年的最后一天；③ 当前日期是一年的最后一天。针对这 3 种情况，需要进行不同的处理。如何判断当前日期是否为一个月的最后一天，也是解决本题的关键点之一。

【正确答案】

```
#include <stdio.h>
struct date
```

```
{
  int year,month,day;
};
int is_leap_year(struct date *pd)
{
  int leap_year=0;
  if(pd->year%4==0&&pd->year%100!=0||pd->year%400==0)
    leap_year=1;
  return leap_year;
}
int number_of_day(struct date *pd)
{
  int day;
  int months[13]={0,31,28,31,30,31,30,31,31,30,31,30,31};
  if(is_leap_year(pd)&&(pd->month==2))
    day=29;
  else
    day=months[pd->month];
  return day;
}
void main()
{
  struct date today,tomorrow;
  printf("Enter today\'s date(yyyy/mm/dd):");
  scanf("%d/%d/%d",&today.year,&today.month,&today.day);
  if(today.day!=number_of_day(&today))
  {
    tomorrow.day=today.day+1;
    tomorrow.month=today.month;
    tomorrow.year=today.year;
  }
  else if(today.month!=12)
  {
    tomorrow.day=1;
    tomorrow.month=today.month+1;
    tomorrow.year=today.year;
  }
  else
  {
    tomorrow.day=1;
    tomorrow.month=1;
    tomorrow.year=today.year+1;
  }
  printf("Tomorrow\'s date is %d/%d/%d\n",tomorrow.year,tomorrow.month,
tomorrow.day);
}
```

8.3 测 试 题

8.3.1 单项选择题

1. 有以下说明和语句，则对结构体变量 std 中成员 num 的引用方式不正确的是（   ）。

```
struct student
{
    int num;
    float score;
}std,*p;
p=&std;
```

A. std.num   B. p–>num   C. (*p).num   D. *p.num

2. 以下程序在 Visual C++编译环境下的运行结果是（　　）。

```
void main()
{ struct date
  {
    int year,month,day;
  }today;
  printf("%d\n",sizeof(struct date));
}
```

A. 6   B. 8   C. 10   D. 12

3. 下列程序的输出结果是（　　）。

```
struct abc
{ int a; int b; int c };
void main( )
{ struct abc s[2]={{1,2,3},{4,5,6}};
  int t;
  t=s[0].a+s[1].b;
  printf("%d\n",t);
}
```

A. 5   B. 6   C. 7   D. 8

4. 设有以下语句，则值为 6 的表达式是（　　）。

```
struct
{ int n;
  struct st *next;
};
static struct st a[3]={5,&a[1],7,&a[2],9,'\0'},*p;
p=&a[0];
```

A. p++–>n   B. p->n++   C. (*p).n++   D. ++p–>n

5. 以下程序的输出结果是（　　）。

```
#include <stdio.h>
struct stu
{ int num; char name[10]; int age; };
void fun(struct stu *p)
{ printf("%s\n",(*p).name); }
void main( )
{ struct stu students[3]={{9801,"Zhang",20},{9802,"Wang",19},
                          {9803,"Zhao",18}};
  fun(students+2);
}
```

A. Zhang   B. Zhao   C. Wang   D. 18

6. 对以下枚举定义，枚举符 d 的值是（　　）。

```
enmu x{a,b=5,c,d};
```

A. 7   B. 0   C. 1   D. 3

7. 下列关于枚举类型 ab 的定义中，正确的是（　　）。

A. enum ab{'a','b','c'};　　　　　　　B. enum ab{"ab","cd","ef"};

C. enum ab{int a,int b,int c};　　　　D. enum ab{a,b,c};

8. 设有星期的枚举类型变量如下，其错误的赋值语句是（　　）。

```
enum workday{mon,tue,wed,thu,fri};
enum workday date1,date2;
```

A. data1=sum　　　B. date2=mon　　　C. date1=date2　　　D. date1=fri;

9. 以下程序执行后，输出的结果是（　　）。

```
struct STU
{
  char name[10];
  int num;
};
void f1(struct STU *c)
{
  struct STU b={"Lisi",2042};
  c=b;
}
void f2(struct STU *c)
{
  struct STU b={"Wangwu",2044};
  *c=b;
}
void main()
{
  struct STU a={"Zhanglin",2041},b={"Zhaoyang",2043};
  f1(a); f2(&b);
  printf("%d  %d\n",a.num,b.num);
}
```

A. 2041　2044　　　B. 2041　2043　　　C. 2042　2044　　　D. 2042　2043

10. 若有如下定义，则变量 a 所占的内存字节数是（　　）。

```
union U
{
  char st[4];
  int i;
  long li;
};
struct A
{
  int c;
  union U u;
}a;
```

A. 4　　　　　　　B. 5　　　　　　　C. 6　　　　　　　D. 8

8.3.2　填空题

1. 以下程序的运行结果是①。

```
#include <stdio.h>
```

```
    #include <stdlib.h>
    #include <string.h>
    struct ab
    {
      int a;
      char *p;
    }*s;
void main()
{
    struct ab b;
    s=&b;
    s->a=8;
    s->p=(char *)malloc(50);
    strcpy(s->p,"12345");
    printf"(%s,%d\n",(*s).p,b.a);
}
```

2. 以下程序的输出结果是①。

```
#include <stdio.h>
#include <string.h>
typedef struct student
{
  char name[10];
  long sno;
  float score;
}STU;
void main()
{
  STU a={"Yinhang",2001,95},b={"Lili",2002,90}, c={"Huangping",2003,95};
  STU d,*p=&d;
  d=a;
  if(strcmp(a.name,b.name)>0) d=b;
  if(strcmp(c.name,d.name)>0) d=c;
  printf("%d%s",d->sno,d->name);
}
```

3. 以下程序的输出结果是①。

```
#include <stdlib.h>
struct NODE
{
  int num;
  struct NODE *next;
};
void main()
{
  struct NODE *p,*q,*r;
  int sum;
  p=(struct NODE*) malloc(sizeof(struct NODE));
  q=(struct NODE*) malloc(sizeof(struct NODE));
  r=(struct NODE*) malloc(sizeof(struct NODE));
  p->num=1;q->num=2;r=->num=3;
  p->next=q;q->next=r;r->next=NULL;
  sum+=q->next->num; sum+=p->num;
  printf("%d\n",sum);
}
```

4. 以下程序的输出结果是①。

```c
#include <stdio.h>
enum ab{A=3,B=0,C,D,E=4,F};
void main()
{
  enum ab i,j,k;
  i=(enum ab)(C+1);
  j=F;
  printf("%d,%d\n",i,j);
}
```

5. 以下程序的输出结果是①（整数占两个字节）。

```c
#include <stdio.h>
void main( )
{ union{ char i[2]; int k;}r;
  r.i[0]=2; r.i[1]=0;
  printf("%d\n",r.k);
}
```

8.3.3　编程题

1. 试利用结构体类型编制一个程序，实现输入一个学生的数学期中和期末成绩，然后计算并输出其平均成绩。

2. 试利用指向结构体的指针编制一个程序，实现输入 3 个学生的学号、数学期中成绩和期末成绩，然后计算其平均成绩并输出成绩表。

8.3.4　测试题参考答案

【8.3.1 单项选择题参考答案】

1. D　2. D　3. B　4. D　5. B　6. A　7. D　8. A　9. A　10. C

【8.3.2 填空题参考答案】

1. ① 12345,8　　2. ① 2003Huangping　　3. ① 4　　4. ① 2,5　　5. ① 2

【8.3.3 编程题参考答案】

1. 程序如下：

```c
void main()
{
  struct sudy
  {
    int mid;
    int end;
    int average;
  }math;
  scanf("%d %d",&math.mid,&math.end);
  printf("average=%d\n",math.average);
}
```

2. 程序如下：

```c
#include <stdio.h>
struct stu
```

```
{
  int num;
  int mid;
  int end;
  int aver;
}s[3];
void main()
{
  struct stu *p;
  for(p=s;p<s+3;p++)
  {
    scanf("%d%d%d",&(p->num),&(p->mid),&(p->end));
    p->aver=(p->mid+p->end)/2;
  }
  for(p=s;p<s+3;p++)
    printf("%8d%8d%8d%8d\n",p->num,p->min,p->end,p->aver);
}
```

8.4　部分习题解答

【习题 8.1】用一个数组存放图书信息，每本书是一个结构，包括下列几项信息：书名、作者、出版年月、借出否，试写出描述这些信息的说明，并编写一个程序，读入若干本书的信息，然后打印出以上信息。

程序如下：

```
/*c8_1.c*/
#include <stdio.h>
struct book
{
    char title[20];
    char aditor[10];
    int year;
    int month;
    char flag;
}liber[10];
void main( )
{
    int i;
    for(i=0;i<10;i++)
    {
      rintf("Input book title:\n");
      scanf("%s",liber[i].title);
      printf("Input book aditor:\n");
      scanf("%s",liber[i].aditor);
      printf("Input print date,year and month :\n");
      scanf("%d%d",&liber[i].year,&liber[i].month);
      printf("Input book information:\n");
      scanf("%c",&liber[i].flag);
    }
  for(i=0;i<10;i++)
      printf("%s,%s,%d-%d,%c\n",liber[i].title,liber[i].aditor,liber[i].year,
liber[i].month,liber[i].flag);
```

【习题 8.3】编写 input( )和 output( )函数，输入、输出 5 个学生记录，每个记录包括 num、name、score[3]。

程序如下：

```
/*c8_3.c*/
#include <stdio.h>
#define N 5
struct student
{
    char num[6];
    char name[8];
    int score[3];
}stu[N];
void input(struct student stu[])
{
int i,j;
 for(i=0;i<N;i++)
    {
        printf("num:");
        scanf("%s",stu[i].num);
        printf("name:");
        scanf("%s",stu[i].name);
        printf("please input score 1,2,3\n");
        for(j=0;j<3;j++)
          scanf("%d",&stu[i].score[j]);
        printf("\n");
    }
}
void print(struct student stu[])
{
  int i,j;
  printf("\nNo.  Name   Sco1  Sco2   Sco3\n");
  for(i=0;i<N;i++)
  {
    printf("%-6s%-10s",stu[i].num,stu[i].name);
    for(j=0;j<3;j++)
      printf("%-8d",stu[i].score[j]);
    printf("\n");
  }
}
void main( )
{
   input(stu);
   print(stu);
}
```

【习题 8.5】输入某班 30 位学生的姓名及数学成绩、英语成绩，计算每位学生的平均分，然后输出平均分最高的学生的姓名及其数学和英语成绩。

程序如下：

```
/*c8_5.c*/
#include <stdio.h>
```

```
#define SIZE 50
struct student
{
   char name[10];
   int math,eng;
   float aver;
};
void main()
{
   struct student stu[SIZE];
   int i,maxstd=0;
   for(i=0;i<SIZE;i++)
   {
     scanf("%s%d%d",stu[i].name,&stu[i].math,&stu[i].eng);
     stu[i].aver=(stu[i].eng+stu[i].math)/2.0;
   }
   for(i=1;i<SIZE;i++)
     if(stu[i].aver>stu[maxstd].aver) maxstd=i;
   printf("%10s%3d%3d\n",stu[maxstd].name,stu[maxstd].math,stu[maxstd].eng);
}
```

【习题 8.7】编程建立一个带有头结点的单向链表，链表结点中的数据通过键盘输入，当输入数据为–1 时，表示输入结束。

程序如下：

```
/*c8_7.c*/
#include <stdlib.h>
#include <stdio.h>
struct list
{
   int data;
   struct list *next;
};
typedef struct list node;
typedef node *link;
void main( )
{
   link ptr,head;
   int num;
   ptr=(link)malloc(sizeof(node));
   head=ptr;
   printf("please input data==>\n");
   scanf("%d",&num);
     while(num!=-1){
       ptr->data=num;
       scanf("%d",&num);
       if(num!=-1)
       {
         ptr->next=(link)malloc(sizeof(node));
         ptr=ptr->next;
       }
       else
       {
         ptr->next=NULL;
        break;
```

```
      }
    }
    ptr=head;
    while(ptr!=NULL)
    {
      printf("The value is ==>%d\n",ptr->data);
      ptr=ptr->next;
    }
}
```

【习题 8.9】已知一个链表，链表中的结构为：

```
struct link
{
  char ch;
  struct link *next;
};
```

编写函数统计链表中的结点个数。

程序如下：

```
/*c8_9.c*/
#include <stdio.h>
struct link
{
  char ch;
  struct link *next;
};
count(struct link *head)
{
  struct link *p;
  int n=0;
  p=head;
  while(p!=NULL)
  {
    n++;
    p=p->next;
  }
  return n;
}
```

【习题 8.11】说明一个枚举类型 enum month，它的枚举元素为 Jan，Feb，…，Dec。编写能显示上个月名称的函数 last_month，如输入 Jan 时能显示 Dec；再编写另一个函数 printmon，用于打印枚举变量的值（枚举元素）；最后编写主函数调用上述函数生成一张 12 个月份及其前一个月份的对照表。

程序如下：

```
/*c8_11.c*/
#include <stdio.h>
enum month {Jan,Feb,Mar,Apr,May,Jun,Jul,Aug,Sep,Oct,Nov,Dec};
char *name[12]={"Jan","Feb","Mar","Apr","May","Jun","Jul","Aug","Sep",
"Oct","Nov","Dec"};
void last_month(enum month m1)
{
  enum month m2=(enum month)(((int)m1-1+12)%12);
```

```
    printf("%s",name[(int)m2]);
}
void printmon(enum month m)
{
    printf("%s",name[(int)m]);
}
void main()
{
    enum month m;
    for(m=Jan;m<=Dec;m=(enum month)(m+1))
        printmon(m);
    printf("\n");
    for(m=Jan;m<=Dec;m=(enum month)(m+1))
        last_month(m);
}
```

【习题 8.13】有一包含职工编号、年龄和性别的单向链表，分别使用函数完成以下功能：

（1）建立链表；

（2）分别统计男女职工的人数；

（3）在链表尾部插入新职工；

（4）删除指定编号的职工；

（5）删除 60 岁以上的男职工和 55 岁以上的女职工，被删除的结点保存到另一个链表中。

在主函数中设计简单的菜单去调用上述函数。

程序如下：

```
/*c8_13.c*/
#include <stdlib.h>
#include <stdio.h>
struct node{
    long No;
    int age;
    char sex;
    struct node *next;
};
node *establish()
{
    struct node *h,*p,*q;
    long num;
    h=(struct node*)malloc(sizeof(struct node));
    p=q=h;
    printf("请输入职工编号(输入 0 退出输入)!\n");
    scanf("%ld",&num);
    while(num!=0)
    {
        p=(struct node*)malloc(sizeof(struct node));
        p->No=num;
        printf("请输入职工年龄和性别：\n");
        scanf("%d,%c",&p->age,&p->sex);
        q->next=p;
        q=p;
        printf("请输入职工编号(输入 0 退出输入)!\n");
        scanf("%ld",&num);
```

```
    }
    p->next=NULL;
    return h;
}
void count(node *phead)
{
    int m=0,f=0;
    struct node *p;
    p=phead->next;
    while(p!=NULL)
    {
        if(p->sex=='M'||p->sex=='m')
            m++;
        else
            f++;
        p=p->next;
    }
    printf("男职工的人数为:%d\n 女职工的人数为:%d\n",m,f);
}
void addnew(node *phead)
{
    struct node *p,*q;
    printf("请输入新职工编号，年龄和性别!\n");
    p=(struct node*)malloc(sizeof(struct node));
    scanf("%ld,%d,%c",&p->No,&p->age,&p->sex);
    q=phead->next;
    while(q->next!=NULL)
        q=q->next;
    q->next=p;
    p->next=NULL;
}
void del(struct node *phead,long num)
{
    struct node *p,*q;
    if(phead->next==NULL)
    {
        printf("List is null.\n");
        return;
    }
    p=phead->next;
    q=phead;
    while(p!=NULL&&p->No!=num)
    {
        q=p;
        p=p->next;
    }
    if(p==NULL) return;
    if(q!=NULL)
    {
        p=q->next;
        q->next=p->next;
        free(p);
    }
}
Node *delToOther(node *phead)
{
```

```
struct node *h,*p,*q,*r;
h=(struct node*)malloc(sizeof(struct node));
q=phead;
p=phead->next;
r=h;
while(p!=NULL)
{
if(((p->sex=='M'||p->sex=='m')&&p->age>=60)||((p->sex=='F'||p->sex=='f')&&p->age>
=55))
    {
        q->next=p->next;
        r->next=p;
        r=p;
        r->next=NULL;
        p=p->next;
    }
    else
    {
        q=p;
        p=p->next;
    }
}
return h;
}


void main()
{
    char ch;
    long num;
    struct node *phead,*prest;
    printf(" 1.创建链表.\n            2.统计男女职工人数.\n
            3．添加新员工.\n            4.删除指定编号的职工.\n
            5．删除 60 岁以上的男员工和 55 岁以上的女员工.\n
            Enter your choice:1 2 3 4 5");
    scanf("%d",&ch);
    while(ch!=0)
    {
        switch(ch)
        {
         case 1: phead=establish(); break;
         case 2: count(prest); break;
         case 3: addnew(phead); break;
         case 4: printf("请输入要删除的员工的编号:\n");
                 scanf("%ld",&num);
                 del(phead,num); break;
         case 5: prest=delToOther(phead); break;
         default:break;
        }
        printf("\n 1.创建链表.\n            2.统计男女职工人数.\n
                3．添加新员工.\n            4.删除指定编号的职工.\n
                5．删除 60 岁以上的男员工和 55 岁以上的女员工. \n
                Enter your choice:1 2 3 4 5!");
        scanf("%d",&ch);
    }
}
```

第9章
预处理和标准函数

9.1 知识要点

1. 简单宏定义的使用。
2. 宏替换的规则。
3. 带参数的宏定义方法。
4. 文件包含的形式。
5. 条件编译的功能与形式。
6. 字符输入与输出函数（getchar，putchar）。
7. 格式输出函数 printf。
8. 格式输入函数 scanf。
9. 常见的 printf 和 scsnf 函数的转换字符。

9.2 重点与难点解析

【例题 9-1】以下叙述中正确的是（　　）。

A. 预处理命令行必须位于源文件的开头　　B. 在源文件的一行上可有多条预处理命令

C. 宏名必须用大写字母表示　　　　　　　D. 宏替换不占用程序的运行时间

【解析】C 源程序中以#开头，以换行符结尾的行称为预处理命令。在源文件的一行上不能有多条预处理命令。预处理命令不是 C 语言的语法成分，而是传给 C 编译程序的指令，在编译源程序之前先由编译预处理程序将它们转换成能由 C 编译程序接收的正文。预处理命令行通常放在源程序开头部分，也可以放在源程序中任何位置。使用宏定义时通常用大写字母来定义宏名，以便与变量名区别，但不是必须。

【正确答案】D

【例题 9-2】以下叙述中正确的是（　　）。

A. 在程序的一行上可以出现多个有效的预处理命令行

B. 使用带参数的宏时，参数的类型应与宏定义时的一致

C．宏替换不占用运行时间，只占用编译时间

D．C 语言的编译预处理就是对源程序进行初步的语法检查

【解析】在源文件的一行上不能有多条预处理命令。引用带参数的宏时对宏名和参数都不需要作类型说明。将程序中出现的与宏名相同的标识符替换字符串的过程称为宏替换。宏替换是在预编译时进行的。预处理命令不是 C 语言的语法成分，而是传给 C 编译程序的指令，在编译源程序之前先由编译预处理程序将它们转换成能由 C 编译程序接收的正文。编译预处理阶段不会对源程序进行语法检查。当对一个源文件进行编译时，系统将自动引用预处理程序对源程序中的预处理部分作处理，处理完毕自动进入对源程序的编译。本题的正确答案是选项 C。

【正确答案】C

【例题 9-3】以下程序运行后的输出结果是（　　　　）。

```
#include <stdio.h>
#define S(x) 2*x*x+1
void main(void)
{
    int m=3,n=4;
    printf("%d\n",S(m+n));
}
```

【解析】本例程序中定义了一个带参数的宏 S(x)，printf("%d\n",S(m+n));是对这个宏的引用。在预编译时，此输出语句会被替换成：printf("%d\n",2*m+n*m+n+1);，最后通过 m 和 n 的值计算出的结果是 23。

注意：在使用宏时，宏替换只是一种简单的字符替换，不进行任何计算，也不作语法检查。在带参数的宏定义中，如果单词串是一个含有运算符的表达式，那么单词串中的每个参数都必须用圆括号括起来，并且整个表达式也要括起来，否则替换后的内容可能和原意不同。

如果本例中将宏定义写成如下形式：

```
#define S(x) (2*(x)*(x)+1)
```

那么在预编译时，输出语句会被替换成：

```
printf("%d\n",(2*(m+n)*(m+n)+1));
```

最后计算出来的结果是 99。

【正确答案】23

【例题 9-4】在文件包含预处理命令形式中，当#include 后的文件名用""(双引号)括起时，寻找被包含文件的方式是（　　　　）。

A．直接按系统设定的标准方式搜索目录

B．先在源程序所在目录中搜索，再按系统设定的标准方式搜索

C．仅仅搜索源程序所在目录

D．仅仅搜索当前目录

【解析】文件包含命令中#include 后的文件名使用尖括号括起时，表示在系统规定的目录（存放系统头文件的目录）中去查找，而不在源文件目录去查找；使用双引号则表示首先在当前的源文件目录中查找，若未找到才到系统规定的标准目录中去查找。用户编程时可根据自己文件所在的目录来选择某一种命令形式。一般来说，系统定义的头文件通常用尖括号，用户自定义的头文

件通常用双引号。

【正确答案】B

【例题 9-5】在宏定义#define PI 3.1415 中，是用宏名 PI 代替一个（　　　）。

A. 单精度数　　　　　B. 双精度数　　　　　C. 常量　　　　　D. 字符串

【解析】简单宏定义的格式为：

```
#define 标识符 单词串
```

标识符就是宏名，它被定义为代表后面的单词串。单词串可以是任意以回车换行结尾的文字。

【正确答案】D

【例题 9-6】在任何情况下计算平方数都不会引起二义性的宏定义是（　　　）。

A. #define POWER(x) x*x　　　　　　　B. #define POWER(x) (x)*(x)

C. #define POWER(x) (x*x)　　　　　　D. #define POWER(x) ((x)*(x))

【解析】在带参数的宏定义中，如果单词串是一个含有运算符的表达式，那么单词串中的每个参数都必须用圆括号括起来，并且整个表达式也要括起来，否则替换后的内容可能和原意不同。

假设有引用：POWER(1+2)+POWER(3)

对于选项 A，宏替换后为 $1 + 2*1 + 2 + 3*3 = 14$；

对于选项 B，宏替换后为 $(1 + 2)*(1 + 2) + (3)*(3) = 18$；

对于选项 C，宏替换后为 $(1 + 2*1 + 2) + (3*3) = 14$；

对于选项 D，宏替换后为 $((1 + 2)*(1 + 2)) + ((3)*(3)) = 18$；

很明显，A 和 C 都有歧义，B 和 D 的计算结果是正确的。再考虑如下引用：

POWER(1+2)/POWER(3)

对于选项 B，宏替换后为 $(1 + 2)*(1 + 2)/(3)*(3) = 9$；

对于选项 D，宏替换后为 $((1 + 2)*(1 + 2))/((3)*(3)) = 1$；

可以看出，B 选项在此引用情况下也有歧义，所以正确答案是 D。

【正确答案】D

【例题 9-7】以下程序运行后的输出结果是（　　　）。

```
#include <stdio.h>
void main(void)
{
    int x=012,y=102;
    printf("%2d  %2d",x,y);
}
```

A. 01 10　　　　　B. 12 102　　　　　C. 10 102　　　　　D. 12, 02

【解析】printf 函数中的%2d 表示数据以十进制整数形式输出，并且域宽为 2。printf 函数中的域宽指出了输出数据的最小宽度。如果数据的实际宽度大于该值，则按实际宽度输出，反之，在左边（左对齐时为右边）补空格或 0（当用 0 域宽说明字符时）。本例中 x 等于 012，是八进制的整数，转换成十进制后是 10；y 等于 102，它的实际宽度大于定义的域宽 2，所以按实际宽度输出。

【正确答案】C

【例题 9-8】 以下程序运行后的输出结果是（　　　）。

```
#include <stdio.h>
void main(void)
{
int a=6,b=8;
printf("%d\n",a,b);
}
```

A. 运行出错　　　　　B. 6　　　　　　　　C. 8　　　　　　　　D. 6，8

【解析】 printf 函数根据格式串中的转换说明来决定输出数据的数目和类型，如果转换说明项目数多于参数个数，或参数类型不正确，则会输出错误的数据(不报语法错)；如果输出参数的数目多于转换说明项数，则多出的参数不被输出。

【正确答案】 B

【例题 9-9】 有以下语句：int i,char c[10];，则正确的输入语句是（　　　）。

A. scanf("%d%s",&i,&c);　　　　　　　B. scanf("%d%s",&i,c);

C. scanf("%d%s",i,c);　　　　　　　　D. scanf("%d%s",i,&c);

【解析】 scanf 函数的调用形式为：scanf(格式字符串，输入项地址表列);，输入项地址表列指明必须是存放输入数据的地址。本例中变量 i 的地址应表示为&i；c 是一个字符数组，数组名是地址常量，所以 c 本身就代表地址，因此正确答案应该是选项 B。

【正确答案】 B

【例题 9-10】 有以下程序，若想从键盘上输入数据，使变量 m 中的值为 12，n 中的值为 34，t 中的值为 56，则正确的输入是（　　　）。

```
#include <stdio.h>
void main(void)
{
  int m,n,t;
  scanf("m=%dn=%dt=%d",&m,&n,&t);
  printf("%d %d %d\n",m,n,t);
}
```

A. m=12n=34t=56　　B. m=12 n=34 t=56　　C. m=12,n=34,t=56　　D. 12 34 56

【解析】 通常在 scanf 函数的格式字符串中不包含非%普通字符，此时输入数据遇到下列 3 种情况表示结束：①从第一个非空字符开始，遇空格、Tab 键或回车结束；②遇宽度结束；③遇非法输入结束。若在格式字符串中出现了非%普通字符，则表示在输入时应在相应的位置输入同样的字符。

本例中选项 B 的输入方法在成功接收第一个数据 12 放入变量 m 中后，接下来应该接收一个非%普通字符 n，但是输入串中是一个空格，所以以后两个数据 n 和 t 不可能成功接收；选项 C 也是错误的输入方法，原因同选项 B；选项 D 由于格式串中第一个期望字符是 m，而输入串是 1，因此按这种方法输入一个数据也不会成功接收。

【正确答案】 A

9.3 测 试 题

9.3.1 单项选择题

1. 以下叙述不正确的是（　　）。

    A. 预处理命令行都必须以#开始

    B. 在程序中凡是以 # 开始的语句行都是预处理命令行

    C. C 程序在执行过程中对预处理命令行进行处理

    D. 预处理命令行可以出现在 C 程序中任意一行上

2. 以下有关宏替换不正确的是（　　）。

    A. 宏替换不占用运行时间　　　　　　B. 宏名无类型

    C. 宏替换只是字符替换　　　　　　　D. 宏名必须用大写字母表示

3. 在"文件包含"预处理命令形式中，当 # include 后名的文件名用<>（尖括号）括起时，寻找被包含文件的方式是（　　）。

    A. 直接按系统设定的标准方式搜索目录

    B. 先在源程序所在目录中搜索，再按系统设定的标准方式搜索

    C. 仅仅搜索源程序所在目录

    D. 仅仅搜索当前目录

4. 以下程序的运行结果是（　　）。

```
#include <stdio.h>
#define ADD(x) x+x
void main(void)
{
  int m=1,n=2,k=3,sum ;
  sum=ADD(m+n)*k ;
  printf("%d\n",sum) ;
}
```

    A. 9　　　　　　　　B. 10　　　　　　　　C. 12　　　　　　　　D. 18

5. 以下程序的运行结果是（　　）。

```
#include <stdio.h>
#define MIN(x,y) (x)>(y)?(x):(y)
void main(void)
{
  int i=10,j=15,k;
  k=10*MIN(i,j);
  printf("%d\n",k);
}
```

    A. 10　　　　　　　　B. 15　　　　　　　　C. 100　　　　　　　　D. 150

6. 若有定义

```
#define N 2
#define Y(n) ((N+1)*n)
```

则执行语句 z=2*(N+Y(5));后，z 的值为（　　）。

    A. 语句有错误　　　　B. 34　　　　　　　　C. 70　　　　　　　　D. 无确定值

7. putchar 函数可以向终端输出一个（　　　）。

    A. 整型变量表达式　　　　　　　　B. 实型变量

    C. 字符串　　　　　　　　　　　　D. 字符或字符型变量

8. 下列程序的输出结果是（　　　）。

```c
#include <stdio.h>
void main(void)
{
  int x=023;
  printf("%d",--x);
}
```

    A. 17　　　　　　　　B. 18　　　　　　　　C. 23　　　　　　　　D. 24

9. 以下程序运行后的输出结果是（　　　）。

```c
#include <stdio.h>
void main(void)
{
  unsigned short a;
  short b=-1;
  a=b;
  printf("%u",a);
}
```

    A. -1　　　　　　　　B. 65535　　　　　　　C. 32767　　　　　　　D. -32768

10. 以下程序运行后的输出结果是（　　　）。

```c
#include <stdio.h>
void main(void)
{
  int a=0256,b=256;
  printf("%o  %o\n",a,b);
}
```

    A. 0256 0400　　　B. 0256 256　　　C. 256 400　　　D. 400 400

9.3.2　填空题

1. 下面程序的功能是先使用 getchar 函数接收一个字符，用 printf 函数显示，再使用 scanf 函数接收一个字符，用 putchar 函数显示，请填空。

```c
#include <stdio.h>
void main(void)
{
  char c;
  printf("输入一个字符：");
  c=getchar();
  printf("%c\n",c);
    ①;
  printf("再输入一个字符：");
  scanf("%c",②);
  putchar(c);
  printf("\n");
}
```

2. 下面程序的输出结果是 20.00，请填空。

```
#include <stdio.h>
void main(void)
{
  int a=9,b=2;
  float x=①,y=1.1,z;
  z=a/2+b*x/y+1/2;
  printf("②\n",z);
}
```

3. 用下面的 scanf 函数输入数据，使 a=1,b=2,x=3.5,y=45.67,c1='B',c2='b'，问在键盘上如何输入？请填空。

```
#include <stdio.h>
void main( )
{
  int a,b;
  float x,y;
  char c1,c2;
  scanf("a=%d b=%d",&a,&b);
  scanf(" %f%e",&x,&y);
  scanf(" %c%c",&c1,&c2);
  printf("a=%d,b=%d,x=%.1f,y=%.2f,c1=%c,c2=%c",a,b,x,y,c1,c2);
}
```

应输入：① ↵

4. 以下程序的输出结果为①。

```
#include <stdio.h>
void main(void)
{
  int a=12345;
  float b=-198.345,c=6.5;
  printf("a=%4d,b=%-10.2e,c=%6.2f\n",a,b,c);
}
```

5. 以下程序的输出结果是①。

```
#include <stdio.h>
#define  MIN(x,y)  (x)<(y)?(x):(y)
void main(void)
{
  int i=10,j=15,k;
  k=10*MIN(i,j);
  printf("%d\n",k);
}
```

9.3.3 编程题

1. 编写程序，在主函数中输入一个字符串，使用宏将其中的大写字母变成小写，然后输出。

2. 若 a=3,b=4,c=5,x=1.2,y=2.4,z=−3.6,u=51274,n=128765,c1='a',c2='b'。想得到以下的输出格式和结果，请写出程序。

```
a=□3□ □b=4□□□c=□□□□5
x=1.200000,y=2.400000,z=-3.600000
x+y=□3.60□□y+z=-1.20□□□z+x=□□□□-2.40
c1='a'or97(ASCII)
c2='b'or98(ASCII)
```

9.3.4　测试题参考答案

【9.3.1 单项选择题参考答案】

1. C　　2. D　　3. A　　4. B　　5. A　　6. B　　7. D　　8. B　　9. B　　10. C

【9.3.2 填空题参考答案】

1. ①getchar( )　　　　　　　　　②&c

2. ①8.8　　　　　　　　　　　②%.2f

3. ①a=1　b=2　3.5　45.67　Bb

4. ①a=12345,b=-1.98e+002,c=6.50

5. ①15

【9.3.2 编程题参考答案】

1. 程序如下：

```
#include <stdio.h>
#define CONVERT(c)  (c>='A'&&c<='Z'?c+32:c)
void main(void)
{
  char str[40],*p;
  printf("输入一个字符串: ");
  gets(str);
  p=str;
  while(*p)
  {
    putchar(CONVERT(*p));
    p++;
  }
}
```

2. 程序如下：

```
#include <stdio.h>
void main(void)
{
  int a=3,b=4,c=5;
  float x=1.2,y=2.4,z=-3.6;
  char c1='a',c2='b';
  printf("a= %d  b=%-4dc=%6d\n",a,b,c);
  printf("x=%f,y=%f,z=%f\n",x,y,z);
  printf("x+y= %.2f  y+z=%-8.2fz+x=%9.2f\n",x+y,y+z,z+x);
  printf("c1=\'%c\'or%d(ASCII)\n",c1,c1);
  printf("c2=\'%c\'or%d(ASCII)\n",c2,c2);
}
```

9.4　部分习题解答

【习题 9.1】定义一个带参数的宏，使两个参数的值互换。设计主函数调用宏将一维数组 a 和

b 的值进行交换。

程序如下：

```
/*c9_1.c*/
#include <stdio.h>
#define change(x,y) t=x;x=y;y=t
void main(void)
{
  int x,y,t;
  printf("Input two numbers:    ");
  scanf("%d%d",&x,&y);
  change(x,y);
  printf("x=%d,y=%d\n",x,y);
}
```

【习题 9.3】编写一个程序，求出 3 个数中的最大数，要求用带参数的宏实现。

程序如下：

```
/*c9_3.c*/
#include <stdio.h>
#define max2(a,b) (a>b?a:b)
#define max3(a,b,c) max2(a,b)>c?max2(a,b):c
void main(void)
{
  int a,b,c;
  float x,y,z;
  printf("输入三个整数:");
  scanf("%d,%d,%d",&a,&b,&c);
  printf("最大整数为:%d\n",max3(a,b,c));
  printf("输入三个实数:");
  scanf("%f,%f,%f",&x,&y,&z);
  printf("最大实数为:%g\n",max3(x,y,z));
}
```

【习题 9.5】编写一个程序，求三角形的面积，三角形面积计算公式为：

$$area=\sqrt{s(s-a)(s-b)(s-c)}$$

其中，$s=(a+b+c)/2$，a，b，c 为三角形的边长。定义两个带参数的宏，一个用于求 s，另一个求 $area$。

程序如下：

```
/*c9_5.c*/
#include<stdio.h>
#include<math.h>
#define s(a,b,c) ((a+b+c)/2)
#define area(a,b,c) (sqrt(s(a,b,c)*(s(a,b,c)-a)*(s(a,b,c)-b)*(s(a,b,c)-c)))
void main(void)
{
    float x,y,z,s;
    printf("输入x,y,z:");
    scanf("%f,%f,%f",&x,&y,&z);
```

```c
    if(x+y>z&&x+z>y&&y+z>x)
    {
      s=area(x,y,z);
      printf("三角形面积=%g\n",s);
    }
    else
      printf("三边长不能构成一个三角形\n");
}
```

10.1　知识要点

10.2　习题解答示例

第 10 章
文件

10.1　知　识　要　点

1. 文件：文件是具有文件名的一组相关信息的集合。操作系统以文件为单位对外存数据进行管理。

2. 文件指针：当前使用的文件都在内存中有控制块（FCB），其存放文件的有关控制信息。C 语言定义 FILE 结构体类型的变量来描述 FCB，如 FILE f1;，还可以定义 FILE 指针变量，如 FILE *fp;，通过文件指针找到该文件的 FCB，实现对文件的访问。

3. 文件操作：C 语言没有 I/O 语句，对文件的操作用库函数实现。对磁盘文件的操作必须"先打开，再读写，最后关闭"。

fopen 函数：以指定方式打开文件。

形式：fopen（文件名，使用方式）；

返回值是被打开文件的文件指针；打开失败，返回 NULL（0）。

fclose 函数：文件关闭。

形式：fclose（文件指针）

文件操作是计算机语言的重要操作之一。将数据以文件的形式存储到存储介质，可以实现数据的长期保存，方便修改数据和供其他程序调用。掌握文件的各种操作函数，能正确地对文件进行读写数据操作是本章的重点与难点。

10.2　重点与难点解析

【例题】编程显示一个文件的内容。程序打开一个文件，使用 fgetc() 和 fputc() 函数进行读写，将其内容显示在屏幕上。

【解析】关于文件操作的程序有一个比较固定的格式：①包含必要的头文件；②程序中要使用 FILE 来定义文件指针；③程序中使用 fopen() 函数来打开文件，并且使用 if 语句判断文件打开是否成功；④根据需要对文件进行读写操作，这时需要选择合适的读写函数；⑤如果是随机操作，还应使用读写指针定位函数来定位读写指针；⑥读写操作结束后，将打开的文件使用关闭函数 fclose() 关闭。

该问题需要用主函数带参数的程序来解决。主函数带两个参数,第 2 个参数中包含要打开的文件名。

【正确答案】

```
#include <stdio.h>
#include <stdlib.h>
void main(int argc, char *argv[])
{
    int c;
    FILE *fp;
    if(argc!=2)
    {
      printf("format error!\n");
      exit(0);
    }
    if((fp=fopen(argv[1],"r"))==NULL)
    {
      printf("file can\'t open!\n");
      exit(0);
     }
    while((c=fgetc(fp))!=EOF)
      fputc(c,stdout);
    fclose(fp);
}
```

10.3　测　试　题

10.3.1　单项选择题

1. 在 C 语言中,数据文件的存取方式为(　　　)。

　　A. 只能顺序存取　　　　　　　　　　B. 只能随机存取

　　C. 可以顺序存取和随机存取　　　　　D. 只能从文件的开头进行存取

2. 在 C 语言中,用 "a" 方式打开一个已含有 10 个字符的文本文件,并写入 5 个新字符,则该文件中存放的字符是(　　　)。

　　A. 新写入的 5 个字符

　　B. 新写入的 5 个字符覆盖原来字符中的前 5 个字符,保留原来的后 5 个字符

　　C. 原来的 10 个字符在前,新写入的 5 个字符在后

　　D. 新写入的 5 个字符在前,原来的 10 个字符在后

3. 下列关于文件指针的描述中,错误的是(　　　)。

　　A. 文件指针是由文件类型 FILE 定义的

　　B. 文件指针是指向内存某个单元的地址值

　　C. 文件指针是用来对文件操作的标识

　　D. 文件指针在一个程序中只能有一个

4. 以读写方式打开一个已存在的文本文件 file1,下面 fopen 函数正确的调用方式是(　　　)。

　　A. FILE *fp;　fp=fopen("file1","r");

    B. FILE *fp;   fp=fopen("file1","r+");

    C. FILE *fp;   fp=fopen("file1","rb");

    D. FILE *fp;   fp=fopen("file1","rb+");

5. 数据块输入函数 fread（&Iarray,2,16,fp）的功能是（   ）。

    A. 从数组 Iarray 中读取 16 次 2 字节数据存储到 fp 所指的文件中

    B. 从 fp 所指的数据文件中读取 16 次 2 字节的数据存储到数组 Iarray 中

    C. 从数组 Iarray 中读取 2 次 16 字节数据存储到 fp 所指的文件中

    D. 从 fp 所指的数据文件中读取 2 次 16 字节数据存储到数组 Iarray 中

6. 输出函数 putc（32767, fpoint）的功能是（   ）。

    A. 读取 fpoint 指针所指文件中的整数字 32767

    B. 将两字节整数 32767 输出到文件 fpoint 中

    C. 将两字节整数 32767 输出到 fpoint 所指的文件中

    D. 从文件 fpoint 中读取数字 32767

7. 在 C 语言中，下列说法不正确的是（   ）。

    A. 顺序读写中，读多少个字节，文件读写位置指针相应也向后移动多少个字节

    B. 要实现随机读写，必须借助文件定位函数，把文件读写位置指针定位到指定的位置，再进行读写

    C. fputc()函数可以从指定的文件读入一个字符，fgetc()函数可以把一个字符写到指定的文件中

    D. 格式化写函数 fprintf()中格式化的规定与 printf()函数相同，所不同的只是 fpirntf()函数是向文件中写入，而 pirntf()函数是向屏幕输出

8. 以下程序执行后输出结果是（   ）。

```c
#include <stdio.h>
void main()
{
  FILE *fp; int i,k=0,n=0;
  fp=fopen("d1.dat","w");
  for(i=1;i<4;i++) fprintf(fp,"%d",i);
  fclose(fp);
  fp=fopen("d1.dat","r");
  fscanf(fp,"%d%d",&k,&n);
  printf("%d  %d\n",k,n);
  fclose(fp);
}
```

    A. 1 2   B. 123 0   C. 1 23   D. 0 0

9. 设有 char st[3][20]={"China","Korea","England"};，下列语句中，运行结果和其他 3 项不同的是（   ）。

    A. fprintf(fp,"%s",st[2]);   B. fputs("England",fp);

    C. p=st[2];while(*p!= '\n') fputc(*p++,fp);   D. fwrite(st[2],1,7,fp);

10. 以下程序的输出结果是（   ）。

```c
#include <stdio.h>
void main()
{
```

```
FILE *fp; int i,a[4]={1,2,3,4},b;
fp=fopen("data.dat","wb");
for(i=0;i<4;i++) fwrite(&a[i],sizeof(int),1,fp);
fclose(fp);
fp=fopen("data.dat","rb");
fseek(fp,-2L*sizeof(int),SEEK_END);
fread(&b,sizeof(int),1,fp);
fclose(fp);
printf("%d\n",b);
}
```

    A. 2　　　　　　　B. 1　　　　　　　C. 4　　　　　　　D. 3

10.3.2　填空题

1. 文件按不同的原则可以划分成不同的种类，按文件存储的外部设备可分为①文件和②文件，按文件内的数据组织形式可分为③文件和④文件。

2. 一般文件操作中，读取一个字符串的函数是①，写入一个数据块的函数是②。

3. 以下程序完成的功能是①。

```
include <stdio.h>
void main()
{
  int  ch1,ch2;
  while((ch1=getchar())!=EOF)
    if(ch1>='a'&&ch1<='z')
    {
      ch2=ch1-32;
      putchar(ch2);
    }
    else
      putchar(ch1);
}
```

4. 以下程序将一个名为 f1.dat 的文本文件的内容追加到一个名为 f2.dat 文件的末尾，请在程序空白处填写合适的语句使其完整。

```
#include <stdio.h>
void main( )
{
  char c;
  FILE *fp1,*fp2;
  fp1=fopen("f1.dat","r");
  fp2=fopen("f2.dat","a");
  while((c=①)!=EOF)
   ②;
  fclose(fp1);
  fclose(fp2);
}
```

5. 下面的程序把从终端读入的 10 个整数以二进制方式写到一个名为 bi.dat 的新文件中，请填空。

```
#include <stdio.h>
FILE *fp;
void main( )
{
```

```
  int i,j;
  if((fp=fopen(①,"wb"))==NULL)
  exit(0);
  for(i=0;i<10;i++)
  {
    scanf("%d",&j);
    fwrite(&j,sizeof(int),1,②);
  }
  fclose(fp);
}
```

10.3.3　编程题

1. 编写程序，主函数从命令行读入一个文件名，然后调用函数 getline 从文件中读入一个字符串放到字符数组 str 中（字符个数最多为 100 个），函数返回字符串的长度。在主函数中输出字符串及其长度。

2. 设文件 number.dat 中存放了一组整数。请编写程序统计并输出文件中正整数、零和负整数的个数。

3. 设文件 student.dat 中存放着一年级学生的基本信息，这些信息由以下结构来描述：

```
struct student
{
  Long int num;
  Char name[10];
  Int age;
  Char sex;
  Char speciality[20];
  Char addr[40];
};
```

请编写程序，输出学号在 040101～040135 中的学生学号、姓名、年龄和性别。

10.3.4　测试题参考答案

【10.3.1 单项选择题参考答案】

1. C　　2. C　　3. D　　4. B　　5. B　　6. C　　7. C　　8. B　　9. B　　10. D

【10.3.2 填空题参考答案】

1. ① 设备　　　　② 磁盘　　　③ 二进制　　　　④ 文本

2. ① fgets()　　　② fwrite()

3. ① 从标准输入设备文件，即键盘读取一个字符，如果它是英文小写字母则变成大写后再输出，其他字符按原样输出，直到读到文件的结尾符，即操作者按下"Ctrl+Z"键则退出循环。

4. ① getc(fp1)　　② putc(fp2)

5. ① "bi.dat"　　② p

【10.3.3 编程题参考答案】

1. 程序如下：

```
#include <stdio.h>
FILE *fp;
```

```
getline(char *str)
{
  int i;
  char c;
  i=0;
  c=getc(fp);
  while(c!='\n'&&c!=EOF)
  {
    str[i]=c;i++;
    getc(fp);
  }
  str[i]=0;
  if(c==EOF) return -1;
  else return i;
}
void main(int argc,char *argv[])
{
  char str[101];
  int len;
  if(argc!=2) printf("Error\n");
  else
  {
    fp=fopen(argv[1],"r");
    do
    {
      len=getline(str);
      puts(str);
      printf("len=%d\n",len);
    }while(len>=0);
    fclose(fp);
  }
}
```

2. 程序如下：

```
#include <stdio.h>
FILE *fp;
void main()
{
  int p=0,n=0,z=0,temp;
  fp=fopen("number.dat","r");
  if(fp==NULL)
    printf("File can not be found !\n");
  else
  {
    while(!feof(fp))
    {
    fscanf(fp,"%d",&temp);
      if(temp>0) p++;
      else if(temp<0) n++;
      else z++;
    }
    fclose(fp);
    printf("positive:%3d, negtive:%3d, zero:%3d\n",p,n,z);
  }
}
```

3. 程序如下：

```
#include <stdio.h>
struct student
{
  long int num;
  char name[10];
  int age;
  char sex;
  char speciality[20];
  char addr[40];
};
FILE *fp;
void main()
{
  struct student std;
  fp=fopen("student.dat","rb");
  if(fp==NULL)
    printf("File can not be found !\n");
  else
  {
    while(!feof(fp))
    {
      fread(&std,sizeof(struct student),1,fp);
      if(std.num>=970101&&std.num<=970135)
      printf("%ld%s%d%c\n",std.num,std.name,std.age,std.sex);
    }
    fclose(fp);
  }
}
```

10.4　部分习题解答

【习题 10.3】用函数 fgetc 从 10.2 题建立的文件中读取所有的字符并显示在屏幕上。

程序如下：

```
/*c10_3.c*/
#include <stdio.h>
#include <stdlib.h>
void main()
{
  FILE *fp;
  char a;
  if((fp=fopen("C:\\10.2.txt","r"))==NULL)
  {
    printf("Cannot open file!\n");
    exit(0);
  }
  while((a=fgetc(fp))!=EOF)
    putchar(a);
  fclose(fp);
}
```

【习题 10.5】有两个磁盘文件 file1 和 file2，各存放一行字母，要求把这两个文件中的信息合并（按字母顺序排列），将合并后的结果输出到一个新文件 file3 中。

程序如下：

```
/*c10_5.c*/
#include <stdio.h>
#include <stdlib.h>
void main()
{
  FILE *fp;
  int i,j,n1,n2,m;
  char c[160],t,ch;
  if((fp=fopen("C:\\file1.txt","r"))==NULL)
  {
    printf("file1 cannot be opened\n");
    exit(0);
  }
  printf("\n file1 contents are :\n");
  for(i=0;(ch=fgetc(fp))!=EOF;i++)
  {
    c[i]=ch;
    putchar(c[i]);
  }
  fclose(fp);
  n1=i;                    /*记录 file1 文件中的字符数*/
  if((fp=fopen("C:\\file2.txt","r"))==NULL)
  {
    printf("file2 cannot be opened\n");
    exit(0);
  }
  printf("\n file2 contents are :\n");
  for(i=0;(ch=fgetc(fp))!=EOF;i++)
  {
    c[i+n1]=ch;
    putchar(c[i+n1]);
  }
  fclose(fp);
  n2=i;
  for(i=0;i<n1+n2-1;i++)
  {
    m=i;
    for(j=i+1;j<n1+n2;j++)
      if(c[m]>c[j]) m=j;
    t=c[i];c[i]=c[m];c[m]=t;
  }
  printf("\n file3 file is:\n");
  fp=fopen("C:\\file3.txt","w");
  for(i=0;i<n1+n2;i++)
  {
    putc(c[i],fp);
    putchar(c[i]);
  }
  fclose(fp);
}
```

【习题 10.7】在文件 stud.dat 中，按顺序存放着 10 个学生的数据，读出后面 5 个学生数据，在屏幕上显示出来。

程序如下：

```c
/*c10_7.c*/
#include <stdio.h>
#include <stdlib.h>
struct student
{
    char name[10];
    int num;
    int age;
    char sex;
}std;
void main( )
{
    int i;
    FILE *fp;
    if((fp=fopen("stud.dat","rb"))==NULL)
    {
        printf("Cannot open file\n");
        exit(0);
    }
    fseek(fp,5L*sizeof(struct student),SEEK_SET);
    for(i=0;i<5;i++)
    {
        fread(&std,sizeof(struct student),1,fp);
        printf("%s,%d,%d,%c\n",std.name,std.num,std.age,std.sex);
    }
    fclose(fp);
}
```

【习题 10.9】将 10.8 题 "stud" 文件中的学生数据按平均成绩的降序排序，将排序后的数据存入新的文件 "stud_sort" 中。

程序如下：

```c
/*c10_9.c*/
#include <stdio.h>
#include <stdlib.h>
#include <string.h>
struct student
{
    int num;
    char name[8];
    int score[3];
    float avr;
}std[5];
void main( )
{
    int i,j,k;
    FILE *fp;
    struct student temp;
    if((fp=fopen("stud","r"))==NULL)
    {
```

```
      printf("Cannot open file\n");
      exit(0);
    }
  fread(std,sizeof(struct student),5,fp);
  fclose(fp);
  if((fp=fopen("stud_sort","w"))==NULL)
    {
      printf("Cannot open file\n");
      exit(0);
    }
  for(i=0;i<4;i++)
    {
      k=i;
      for(j=i+1;j<5;j++)
        if(std[k].avr<std[j].avr) k=j;
      temp.avr=std[i].avr; temp.num=std[i].num;
      strcpy(temp.name,std[i].name);
      temp.score[0]=std[i].score[0];
      temp.score[1]=std[i].score[1];
      temp.score[2]=std[i].score[2];
      std[i].avr=std[k].avr; std[i].num=std[k].num;
      strcpy(std[i].name,std[k].name);
      std[i].score[0]=std[k].score[0];
      std[i].score[1]=std[k].score[1];
      std[i].score[2]=std[k].score[2];
      std[k].avr=temp.avr; std[k].num=temp.num;
      strcpy(std[k].name,temp.name);
      std[k].score[0]=temp.score[0];
      std[k].score[1]=temp.score[1];
      std[k].score[2]=temp.score[2];
    }
  fwrite(std,sizeof(struct student),5,fp);
  fclose(fp);
}
```

【习题 10.11】在 C 盘下新建的 employee.dat 文件中，输入 10 个职工的数据，包括职工号、姓名、年龄和电话号码，再读出文件中年龄大于等于 50 的职工数据，把他们的姓名和电话号码显示在屏幕上。

程序如下：

```
/*c10_11.c*/
#include <stdio.h>
#include <stdlib.h>
struct employee
{
    int num;
    char name[10];
    int age;
    long phone;
}emp;
void main()
{
    FILE *fp;
    int i;
```

```
    if((fp=fopen("C:\\employee.dat","wb"))==NULL)
    {
        printf("Cannot open the file!\n");
        exit(0);
    }
    for(i=0;i<3;i++)
    {
        scanf("%s%d%d%ld",emp.name,&emp.num, &emp.age,&emp.phone);
        fwrite(&emp,sizeof(struct employee),1,fp);
    }
    fclose(fp);
    if((fp=fopen("C:\\employee.dat","rb"))==NULL)
    {
        printf("Cannot open the file!\n");
        exit(0);
    }
while(!feof(fp))
    {
        fread(&emp,sizeof(struct employee),1,fp);
        if(emp.age>=50)
        printf("Name:%s,Phone:%ld\n",emp.name,emp.phone);
    }
}
```

【习题 10.13】编写程序实现将磁盘中的一个文件复制到另一个文件中，两个文件名在命令行中给出

程序如下：

```
/*c10_13.c*/
#include <stdio.h>
#include <stdlib.h>
void main(int argc,char *argv[])
{
    FILE *f1,*f2;
    char ch;
    if(argc<2)
    {
        printf("Parameters missing!\n");
        exit(0);
    }
    if(((f1=fopen(argv[1],"r"))== NULL)||((f2=fopen(argv[2],"w"))==NULL))
    {
        printf("Cannot open file!\n");
        exit(0);
    }
    while((ch=fgetc(f1))!=EOF)
        fputc(ch,f2);
    fclose(f1);
    fclose(f2);
}
```

第11章 数据结构和数据抽象

11.1 知 识 要 点

1. 数据结构和数据类型。
2. 抽象数据类型。
3. 线性表的定义及基本操作。
4. 堆栈的定义及基本操作。
5. 队列的定义及基本操作。

11.2 重点与难点解析

【例题 11-1】 数据结构通常是研究数据的（　　　）及它们之间的相互联系。

A. 存储结构和逻辑结构　　　　　　B. 存储和抽象

C. 联系和抽象　　　　　　　　　　D. 联系与逻辑

【解析】 数据结构有逻辑上的数据结构和物理上的数据结构之分，即逻辑结构和存储结构。逻辑上的数据结构反映各数据之间的逻辑关系；物理上的数据结构反映各数据在计算机内的存储安排。

【正确答案】 A

【例题 11-2】 线性表是（　　　）。

A. 一个有限序列，可以为空　　　　B. 一个有限序列，不可以为空

C. 一个无限序列，可以为空　　　　D. 一个无限序列，不可以为空

【解析】 线性表是最简单、最基本、也是最常用的一种线性结构，是具有相同特性的 $n(n \geq 0)$ 个数据元素的有限序列。

【正确答案】 A

【例题 11-3】 已知一个顺序存储的线性表，设每个结点需占 m 个存储单元，若第一个结点的地址为 a_1，则第 i 个结点的地址为（　　　）。

A. $a_1+(i-1)*m$　　　　　　　　B. a_1+i*m

C. a_1-i*m　　　　　　　　　　D. $a_1+(i+1)*m$

【解析】顺序表是指在内存中用地址连续的一块存储空间顺序存放线性表的各元素。只要知道顺序表首地址和每个数据元素所占存储单元的大小就可求出第 i 个数据元素的地址。设 a_1 的存储地址为 $Loc(a_1)$，每个数据元素占 d 个存储单元，则第 i 个数据元素的地址为：

```
Loc(ai)=Loc(a1)+(i-1)*d                    1≤i≤n
```

【正确答案】A

【例题 11-4】在长度为 n 的顺序表中第 i（1≤i≤n）个位置上插入一个元素时，为留出插入位置所需移动元素的次数为（   ）。

A. n-i　　　　　　　B. n-i+1　　　　　　C. n-i-1　　　　　　D. i

【解析】插入时，需要将顺序表原来第 i 个元素及以后元素均后移一个位置，腾出一个空位置插入新元素，所以需要移动元素的次数为 n-i+1。

【正确答案】B

【例题 11-5】插入和删除只能在一端进行的线性表，称为（   ）。

A. 队列　　　　　　B. 循环队列　　　　　C. 堆栈　　　　　　D. 顺序表

【解析】堆栈是一种最常用的、也是重要的数据结构之一。从数据结构的定义上看，堆栈也是一种线性表。堆栈要求插入和删除操作都必须在表的同一端完成，因此，堆栈是一个后进先出的数据结构。选项 A、B 和 D 都没有要求插入和删除只能在一端进行，所以正确答案是选项 C。

【正确答案】C

【例题 11-6】一个栈的入栈序列是 A，B，C，D，E，则该栈不可能的输出序列是（   ）。

A. EDCBA　　　　　B. DECBA　　　　　C. DCEAB　　　　　D. ABCDE

【解析】堆栈是一个后进先出的数据结构。

对于选项 A，可以通过 A、B、C、D、E 进栈，E、D、C、B、A 出栈的方式得到。对于选项 B，可以通过 A、B、C、D 进栈，D 出栈，E 进栈，E、C、B、A 出栈的方式得到。对于选项 D，可以通过 A 进栈，A 出栈，B 进栈，B 出栈，C 进栈，C 出栈，D 进栈，D 出栈，E 进栈，E 出栈的方式得到。对于选项 C，由于要求第一个出栈的是 D，所以必须先使 A、B、C、D 都入栈，然后 D 出栈，C 出栈，E 进栈，E 出栈，此时栈内剩下的是 A 和 B，且 B 在栈顶，A 在栈底，再进行出栈操作只能使 B 出栈，得不到 DCEAB 的出栈序列。

【正确答案】C

【例题 11-7】判定一个栈 ST（最多元素为 m）为空的条件是（   ）。

A. ST->top!=-1　　B. ST->top==-1　　C. ST->top!=m-1　　D. ST->top==m-1

【解析】栈为空的条件是 ST->top==-1。

【正确答案】B

【例题 11-8】一个队列的入队序列是 1，2，3，4，则队列的输出序列是（   ）。

A. 4，3，2，1　　B. 1，2，3，4　　C. 1，4，3，2　　D. 3，2，4，1

【解析】队列是一种先进先出的线性表，它只允许在表的一端进行插入，而在另一端删除元素。

【正确答案】B

【例题 11-9】判定一个循环队列 QU（最多元素为 m）为空的条件是（　　　）。

A. QU->front==QU->rear
B. QU->front!=QU->rear
C. QU->front==(QU->rear+1)%m
D. QU->front!=(QU->rear+1)%m

【解析】通常约定队尾指针指示队尾元素在一维数组中的当前位置，队头指针指示队头元素在一维数组中的当前位置的前一个位置。但为了克服"假溢出"现象造成的空间浪费，通常将数组的首尾相连，形成一个环形的顺序表，即把存储队列元素的表从逻辑上看成一个环，称为循环队列。这样，判断循环队列为空的条件就应该是 QU->front==QU->rear。

【正确答案】A

【例题 11-10】在队列中存取数据应遵循的原则是（　　　）。

A. 先进先出　　　B. 后进先出　　　C. 先进后出　　　D. 随意进出

【解析】队列是一种先进先出的线性表，它只允许在表的一端进行插入，而在另一端删除元素。在队列中，允许插入的一端叫队尾（rear），允许删除的一端则称为队头（front）。队列的操作原则是先进先出的，所以队列又称作 FIFO 表（First In First Out）。

【正确答案】A

11.3　测　试　题

11.3.1　单项选择题

1. 判定一个栈 ST（最多元素为 m）为满的条件是（　　　）。

A. ST->top!=-1　　B. ST->top==-1　　C. ST->top!=m-1　　D. ST->top==m-1

2. 判定一个循环队列 QU（最多元素为 m）为满的条件是（　　　）。

A. QU->front==QU->rear
B. QU->front!=QU->rear
C. QU->front==(QU->rear+1)%m
D. QU->front!=(QU->rear+1)%m

3. 数据结构研究的内容是（　　　）。

A. 数据的逻辑结构

B. 数据的存储结构

C. 建立在相应逻辑结构和存储结构上的算法

D. 包括以上 3 个方面

4. 在线性表中（　　　）只有一个直接前驱和一个直接后继。

A. 首元素　　　B. 中间元素　　　C. 尾元素　　　D. 所有元素

5. 线性表是具有 n 个（　　　）的有限序列。

A. 数据项　　　B. 数据元素　　　C. 表元素　　　D. 字符

6. 在长度为 n 的顺序表中，若要删除第 $i(1 \leqslant i \leqslant n)$ 个元素，则需要向前移动元素的次数为（　　　）。

A. 1　　　B. n-i　　　C. n-i+1　　　D. n-i-1

7. 有 6 个元素按 6，5，4，3，2，1 的顺序进栈，进栈过程中可以出栈，则以下可能的出栈序列是（   ）。

    A. 1，4，3，5，2，6　　　　　　　　　　B. 3，1，4，2，6，5

    C. 6，5，4，3，2，1　　　　　　　　　　D. 3，6，5，4，2，1

8. 以下不属于栈的基本运算的是（   ）。

    A. 删除栈顶元素　　B. 删除栈底元素　　C. 判断栈是否为空　　D. 将栈置为空栈

9. 在栈中存取数据的原则是（   ）。

    A. 先进先出　　　　　B. 后进先出　　　　　C. 后进后出　　　　　D. 随意进出

10. 在队列的顺序存储结构中，会产生队列中有剩余空间，但确不能执行入队操作的"假溢出"现象，在以下几种方法中，不能解决假溢出问题的是（   ）。

    A. 采用首尾相接的循环队列

    B. 当有元素入队时，将已有元素向队头移动

    C. 当有元素出队时，将已有元素向队头移动

    D. 申请新的存储单元存放入队元素

11.3.2　填空题

1. 设线性表顺序存储结构定义如下：

```
#define MAXSIZE 20
typedef int elemtype
typedef struct
{
    elemtype data[MAXSIZE+l] ;
    int length ;
}seqlist ;
```

函数 int search（seqlist *L,int x）；利用在表头设立监视哨的算法，实现在顺序表 L 中查找值为 x 的元素的位置。请填空。

```
int search(seqlist *L,int x)
{
    int i=①;
    L->data[0]=x ;
    while(L->data[i]!=x)
    ②;
    return i ;
}
```

2. 以下算法为利用栈的基本运算判断一个算术表达式的圆括号是否正确配对，请填空。

```
void SetNull(Seqstack *s);              //置空栈

int Push(Seqstack *s,elemtype x);       //x进栈，返回成功(1)与否(0)
int Pop(Seqstack *s);                   //出栈，返回成功(1)与否(0)
int IsPair(char *ch)
{
    char c ;
    int y=1;
    Seqstack s ;
```

```
        SetNull(&s);
        Do
        {
            if(*ch=='(')
                ①;
            else
                if(*ch==')' )
                    y=Pop(&s);
            ch++;
        } while(*ch! = '\0'&&y!=0);
        if (②||y==0 )
            return 0 ;
        else
            return 1;
    }
```

3. 设有一个栈，元素进栈的次序为 a，b，c。进栈过程中允许出栈，以下是各种可能的出栈元素序列，请填空。

　　abc、①、bac、②、cba

4. 以下算法是冒泡排序算法，为了使该算法在发现数组 R 有序时能及时停止，请填空。

```
void BubbleSort(Elem R[ ], int n)
{
    ①;
    while(i>1)
    {
        lastExchangeIndex=1;
        for(j=1;j<i;j++)
        {
            if(R[j+1].key<R[j].key)
            {
                Swap(R[j],R[j+1]);
                ②;      //记下进行交换的记录位置
            }
            ③;          // 本趟进行过交换的最后一个记录的位置
        }
    }
}
```

5. 以下是顺序表的就地逆置算法，即线性表（a_1，a_2，...，a_n）逆置为（a_n，a_{n-1}，...，a_1）。请填空。

```
void invert(SeqList *L)
{
    int j;
    ElemType temp;
    for(j=0;j<=①;j++)
    {
        temp=L->data[j];
        L->data[j]= ②;
        ③=temp;
    }
}
```

11.3.3 编程题

1. 设 A=(a_1,…,a_m)和 B=(b_1,…,b_n)均为顺序表，A'和 B'分别为 A 和 B 中除去最大共同前缀后的子表。若 A'=B'=空表，则 A=B；若 A'=空表，而 B'≠空表，或者两者均不为空表，且 A'的首元小于 B'的首元，则 A<B；否则 A>B。试写一个比较 A 和 B 大小的算法。

2. 假设以两个元素依值递增有序排列的线性表 A 和 B 分别表示两个集合（即同一表中的元素值各不相同），现要求另辟空间构成一个线性表 C，其元素为 A 和 B 中元素的交集，且表 C 中的元素也依值递增有序排列。试对顺序表编写求 C 的算法。

11.3.4 测试题参考答案

【11.3.1 单项选择题参考答案】

1. D   2. C   3. D   4. B   5. B   6. B   7. C   8. B   9. B   10. D

【11.3.2 填空题参考答案】

1. ① L->length   ② i--

2. ① Push(&s,*ch)   ② *ch!='\0'

3. ① acb   ② bca

4. ① i=n   ② lastExchangeIndex=j   ③ i=lastExchangeIndex

5. ① (L->length-1)/2   ② L->data[L->length-j-1]   ③ L->data[L->length-j-1]

【11.3.3 编程题参考答案】

1. 程序如下：

```
    //a,b为顺序表，若a<b时，返回-1；a=b时，返回0；a>b时，返回1
int Compare_List(SqList a,SqList b)
{
  i=0;
  while(i<=a.length-1)&&(i<=b.length-1)&&(a.data[i]==b.data[i]) ++i;
  if(i==a.length&&i==b.length)
     return 0;
  else
   if((i==a.length&&i<=b.length-1)||(i<=a.length-1&&i<=b.length-1&&a.data[i]<
b.data[i]))
     return -1;
   else
     return 1;
}
```

2. 程序如下：

```
    //求元素递增排列的线性表A和B的元素的交集并存入C中
void SqList_Intersect(SqList A,SqList B,SqList &C)
{
    int i=0,j=0,k=0;
    while(A.data[i]&&B.data[j])
    {
        if(A.data[i]<B.data[j]) i++;
        if(A.data[i]>B.data[j]) j++;
```

```
        if(A.data[i]==B.data[j])
        {
                C.data[k++]=A.data[i];        //当发现了一个在 A, B 中都存在的元素,
                i++;j++;                      //就添加到 C 中
        }
    }
}
```

11.4　部分习题解答

【习题 11.1】编写算法将两个递增有序的顺序表合并成一个有序表，并删除重复的元素。
程序如下：

```
void Merge (List& L1,List& L2,List& L)
{
    if(L1.size+L2.size>L.MaxSize)
    {
     printf("List overflow!\n"); exit(1);
    } .
    int i=0,j=0,k=0;
    while((i<L1.size)&&(j<L2.size))
    {
        if(L1.list[i]<=L2.list[j])
        {
            L.list[k]=L1.list[i]; i++;
        }
        else
        {
            L.list[k]=L2.list[j]; j++;
        }
        k++;
    }
    while (i<L1.size)
    {
        L.list[k]=L1.list[i]; i++; k++;
    }
    while (j<L2.size)
    {
        L.list[k]=L2.list[j]; j++; k++;
    }
    L.size=k;
}
```

【习题 11.3】对于顺序表，写出下面的每一个算法。

（1）从表中删除具有最小值的元素并由函数返回，空出的位置由最后一个元素填补，若表为
空则显示错误信息并退出运行。

（2）删除表中值为 x 的结点并由函数返回。

（3）向表中第 i 个元素之后插入一个值为 x 的元素。

（4）从表中删除值为 x～y 的所有元素。

（5）将表中元素排成一个有序序列。

程序如下：

```
typedef struct
{
    elemtype data[MAXSIZE];
    int length;
}SeqList;
```

（1）

```
int del_1(SeqList *L)
{
    if(L->length==0)
    {
        printf("list is empty!");
        return 0;
    }
    elemtype min=L->data[0];
    int j,k=0;
    for(j=1;j<l->length;j++)
      if(L->data[j]<min)
      {
        min=L->data[j];
        k=j;
      }
    L->data[k]=L->data[L->lenth-1];        //最小值用最后一个元素代替
    for(j=1;j<l->length;j++)               //有多个最小值时，也用最后一个元素代替
      if(L->data[j]==min)
        L->data[j]=L->data[L->lenth-1];
    return 1;
}
```

（2）

```
int del_2(SeqList *L,elemtype x)
{
    int i=0,j;
    while(i<L->length)
    {
      if(L->data[i]==x)
      {
        for(j=i+1;j<L->length;j++)
          L->data[j-1]=L->data[j];
        L->length--;
      }
      i++;
    }
    return 1;
}
```

（3）

```
int insert(SeqList *L,int i,elemtype x)
{
    int j ;
    if(i<1||i>L->length+1)                 /*检查插入位置的正确性*/
```

```
    {
        printf("位置非法! ");
        return(0) ;
    }
    for(j=L->length;j>=i+1;j--)
        L->data[j]=L->data[j-1] ;          /*向后移动*/
    L->data[i]=x ;                         /*新元素插入*/
    L->length++ ;                          /*顺序表长度增加 1*/
    return (1) ;                           /*插入成功, 返回*/
}
```

（4）

```
int del_3(SeqList *L,elemtype x,elemtype y)
{
    int i=0,j;
    while(i<L->length)
    {
        if(L->data[i]>=x&&L->data[i]<=y)
        {
            for(j=i+1;j<L->length;j++)
                L->data[j-1]=L->data[j];
            L->length--;
        }
        i++;
    }
    return 1;
}
```

（5）

```
int sort(SeqList *L)
{
    int i,j,k;
    elemtype t;
    for(i=0;i<L->length;i++)
    {
        k=i;
        for(j=i+1;j<L->length;j++)
          if(L->data[j]<L->data[i])      k=j;
        if(k!=i)
        {
            t=L->data[k];
            L->data[k]=L->data[i];
            L->data[i]=t;
        }
    }
    return 1;
}
```

【习题 11.5】假设已定义入栈 PUSH、出栈 POP 及判断栈空 EMPTY 等基本操作, 增加以下函数:

（1）确定堆栈的大小（即堆栈中元素的数目）;

（2）输入一个堆栈;

（3）输出一个堆栈。

程序如下：

（1）

```
int StackSize(seqstack *s)
{
    if(EMPTY(s))
    {
        printf("underflow\n");  return NULL;
    }
    else
        return s->top+1;
}
```

（2）

```
void StackInput(seqstack *s,datatype x[ ],int num)
{
    for(i=0;i<num;i++)
      PUSH(s, x[i]);
}
```

（3）

```
void StackOutput(seqstack *s,datatype x[ ],int num)
{
    for(i=0;i<num;i++)
        POP(s,x[i]);
}
```

【习题 11.7】编制程序解决问题：输入一组两位数，如 73，35，46，67，18，29，82，15，49，54，按从大到小的顺序排列输出（要求用队列实现）。

程序如下：

```
/*c11_7.c*/
#include <stdio.h>
#define N 10
void main(void)
{
    int i,j,k,d,r;
    static int count[N],b[N];
    static int a[N]={73,35,46,67,18,29,82,15,49,54};
    k=2;
    r=10;
    for(i=0,d=1;i<k;i++,d*=r)
    {
        for(j=0;j<r;j++)
          count[j]=0;
        for(j=0;j<N;j++)
          count[a[j]/d%r]++;
        for(j=1;j<r;j++)
          count[j]=count[j-1]+count[j];
        for(j=N-1;j>=0;j--)
          b[--count[a[j]/d%r]]=a[j];
        for(j=0;j<N;j++)
          a[j]=b[j];
    }
    for(j=N-1;j>=0;j--)
      printf("%3d,",a[j]);
    printf("\n");
}
```

第二部分
上机实验

实验一　C 语言的运行环境、运行过程和表达式的使用

一、目的与要求

1. 掌握 Visual C++ 6.0 的启动和退出方法。

2. 熟悉 Visual C++ 6.0 集成开发环境的使用方法。

3. 掌握 Visual C++ 6.0 中 C 语言源程序编辑、编译、连接和运行的全过程。

4. 通过运行简单的 C 语言程序，初步了解 C 语言源程序的组成及其结构特点。

5. 掌握 C 语言数据类型，熟悉如何定义各种变量以及对其赋值，了解各数据类型输出时所用的格式转换符。

6. 学会使用 C 语言的相关运算符及包含这些运算符的表达式。

二、上机实训操作

【例 1】输入两个实数，求其中的较大值。

1. 启动 Visual C++ 6.0 应用程序，在 Visual C++ 6.0 集成开发环境下单击"File|New"菜单命令，进入新建工程界面。在 Files 选择项中选择"C++ Source File"，然后在 File 下面的编辑框中输入 C 语言源程序的文件名（本例为 max），单击 location 左下方的"浏览"按钮，选择该文件存放的路径（本例为 C:\Documents and Settings\user），然后单击"OK"按钮，将会弹出 Visual C++ 6.0 的编辑窗口，如图 1 所示。

2. 在图 1 所示的编辑窗口中编辑如下程序内容，如图 2 所示。

```
#include<stdio.h>
void main()
{
  float x,y,max;
  printf("Please input two floating point numbers:\n");
  scanf("%f,%f",&x,&y);
  max=x>y?x:y;
  printf("The max number:=%f\n",max);
}
```

图 1　Visual C++ 6.0 的编辑窗口

图 2　在编辑窗口进行程序编辑

3. 选择 "File" 菜单中的 "Save" 命令将文件存盘。

4. 在 "Build" 菜单中选择 "Compile max.cpp" 命令，在弹出的对话框中选择 "是" 按钮，如图 3 所示。

图 3　创建一个工程工作区

接着在信息输出区会显示编译结果，如图 4 所示。

图 4　编译结果显示

图 5　连接结果显示

5. 在 "Build" 菜单中选择 "Build max.cpp" 命令，在信息输出区会显示连接结果，如图 5 所示。

6. C 语言源程序经编译、连接无误后，在 "Build" 菜单中选择 "Execute max.cpp" 命令，即弹出运行结果界面，如图 6 所示。在光标闪烁处输入两个实数后按回车键，即可看到应用程序的执行结果。

说明：本例程序旨在使用户熟悉 Visual C++ 6.0 上机步骤，并练习 scanf 函数、printf 函数、转义字符和条件表达式的使用。当程序运行之后，光标将停留在用户屏幕上，等待用户从键盘输入两个实数，比如输入 "1.2, 3.4" 后按回车键，程序将会自动向下执行，并将运行结果 "The max number:=3.400000" 在用户

图 6　程序运行结果界面

屏幕上显示输出。

【例2】输入并运行程序，写出运行结果。

```
#include<stdio.h>
void main()
{
  int a;
  float b,sum;
  a=11;
  b=22.0;
  sum=a+b;
  printf("sum is %f\n",sum);
}
```

程序运行结果为：sum is 33.000000

说明：该程序主要考查用户对算术运算符的使用。

【例3】输入并运行程序，写出运行结果。

```
#include<stdio.h>
void main()
{
  int a,b;
  a=1;
  b=a++;
  a+=b--;
  printf("a=%d,b=%d,%d,%d ",a,b,!a,!(!b));
}
```

程序运行结果为：a=3,b=0,0,0

说明：该程序旨在考查用户对赋值运算符、增量运算符和复合运算符的使用。

【例4】输入并运行下程序，写出运行结果。

```
#include<stdio.h>
void main()
{
  char ch1,ch2;
  ch1=65;ch2=97;
  printf("%c,%d\n",ch1,ch1);
  printf("%c,%d\n",ch2,ch2);
}
```

在此基础上，将第3行改为：int ch1,ch2;后再次运行程序，比较并分析两次运行结果。

说明：在特定情况下，整型数据有时可以作为字符型数据处理，而字符型数据也可作为整型数据处理。

【例5】分析下面程序，写出运行结果，再输入计算机运行，将得到的结果与你分析的结果比较对照。

```
#include<stdio.h>
void main()
{
  int a,b,c,d;
  d=(a=1,b=2,c=3);
  printf("d=%d\n",c);
}
```

说明：在该程序中，主要考查用户对逗号表达式的掌握情况。

三、实验内容

1. 用 Visual C++ 6.0 输入并运行本实验所有例题中的程序，熟悉调试 C 语言程序的方法与步骤。

2. 通过键盘输入两个实数，并求其和。

实验二　顺序结构与选择结构程序设计

一、目的与要求

1. 理解 C 语言程序的顺序结构。

2. 掌握常用的 C 语言语句，熟练应用赋值、输入/输出语句。

3. 了解 C 语句表示逻辑量的方法（以 0 代表"假"，以 1 代表"真"）。

4. 学会正确使用逻辑运算符和逻辑表达式。

5. 熟练掌握 if 语句和 switch 语句。

6. 熟练掌握变量值的交换算法。

二、实验内容

1. 已知圆半径 $r=1.5$，圆柱高 $h=3$，求圆周长，圆面积，圆柱体的底面积、侧面积、表面积和体积，球的表面积和体积。

2. 编程计算下面的函数。

$$y = \begin{cases} e\sqrt{x}-1 & 0 < x < 1 \\ |x|+2 & 3 \leqslant x \leqslant 4 \\ \sin(x^2) & \text{当} x \text{取其他值时} \end{cases}$$

3. 电文加密的算法是：将字母 A 变成字母 G，a 变成 g，B 变成 H，b 变成 h，依此类推，并且将 U 变成 A，V 变成 B 等。从键盘输入一个电文字符，输出其相应的密码。

4. 编程实现将输入的字符进行大小写互换。

5. 输入一个不多于 5 位的正整数，要求：① 求它是几位数；② 分别输出每一位数字；③ 按逆序输出各位数字。例如，原数为 321，应输出 123。

6. 某个自动加油站有 x（90 号）、y（93 号）、z（97 号）3 种汽油，单价分别为 5.8、6.2、6.6（元/升），同时还提供了"自己加"或"协助加"两个服务等级，可以使用户得到 5% 或 10% 的优惠。请编程实现油款计算，用户输入加油量 v（升），汽油品种 k（对应 x-90 号、y-93 号、z-97 号）和服务类型 s（a-自动、m-自己、h-协助），输出应付款 m。

实验三　循环结构程序设计（一）

一、目的与要求

熟练掌握 while、do-while 和 for 三种循环语句的应用。

二、实验内容

1. 利用公式 $\sin x = x - x^3/3! + x^5/5! - x^7/7! + x^9/9! - \cdots + (-1)^{(n-1)} \cdot x^{(2n-1)}/(2n-1)!$ 编程计算 $\sin x$ 的值。设 $x=0.5$，$n=9$。

2. 输入 20 个有符号整数，统计正整数、零、负整数的个数。

3. 在 100 ~ 1 000 中，有多少个其数字之和等于 9 而且该数可被 5 整除的整数？

4. 一位同学问老师和老师夫人的年龄是多少，老师说："我年龄的平方加上我夫人的年龄恰好等于 1 053，而我夫人年龄的平方加上我的年龄等于 873。"试计算老师和其夫人的年龄。

5. 使用嵌套循环输出下列图形。

```
F
FE
FED
FEDC
FEDCB
FEDCBA
```

6. 编程求 11^{11} 的个位、十位、百位上的数字之和。

7. 编程序输出 1 ~ 100 中满足每位数的乘积大于每位数的和的数。

实验四 循环结构程序设计（二）

一、目的与要求

1. 熟练掌握多重循环的应用。
2. 熟练掌握 break、continue 和 goto 三种跳转语句的应用。

二、实验内容

1. 使用嵌套循环输出下列图形。

```
    $
   $$
  $$$
 $$$$
$$$$$
```

2. 计算 100 ~ 1 000 中有多少个数其各位数字之和是 5。

3. 输出由 1、2、3、4 这 4 个数字组成的 4 位数，并统计它的个数（允许该 4 位数中有相同的数字，例如 1111、1122、1212 等）。

4. 用牛顿迭代法解方程 $2x^3 - 4x^2 + 3x - 6 = 0$ 在 $x=1.5$ 附近的实根，精度要求 $\varepsilon = 10^{-5}$。

5. 试编程统计 n 名学生某门功课考试的分数段人数。

6. 编程计算 $s = 1^1 + 2^2 + 3^3 + \cdots + n^n$，$n$ 由键盘输入。

7. 按格式打印一张编码表：前 3 列分别为代码十进制数、十六进制数、八进制数。第 4 列为：如果是可显示字符，则打印它的符号，否则打印字符 C。从第 5 列起为：若是字母，则打印字符 L；若是数字，则打印字符 D；若是大写字母，则打印字符 UC；若是小写字母，则打印字符 LC；若是字母数字，则打印字符 AN；若是空格符，则打印字符 S；若是标点符号，则打印字符 P。例如：

```
......
89  0x59  0131  'Y'  UC  L  AN
90  0x5a  0132  'Z'  UC  L  AN
91  0x5b  0133  '['      P
92  0x5c  0134  '\'      P
93  0x5d  0135  ']'      P
......
```

实验五　一维数组与二维数组

一、目的与要求

1. 理解一维数组和二维数组的概念。
2. 掌握一维数组和二维数组的定义、初始、数组元素引用。
3. 掌握一维数组和二维数组的输入/输出。
4. 掌握与数组有关的算法。

二、实验内容

1. 设有 4×4 的方阵，其中的元素由键盘输入。求：（1）主对角线上元素之和；（2）辅对角线上元素之积；（3）方阵中最大的元素。

提示：主对角线元素行、列下标相同；辅对角线元素行、列下标之和等于方阵的最大行号（或最大列号）－下标、行列号基于 0。

2. 编写找出 1～100 中能被 7 或 11 整除的所有整数，存放在数组 a 中，并统计其个数。要求以每行排列 5 个数据的形式输出 a 数组中的数据。

3. 青年歌手参加歌曲大奖赛，有 10 个评委进行打分，试编程求这位选手的平均得分（去掉一个最高分和一个最低分）。

分析：这道题的核心是排序。将评委所打的 10 个分数利用数组按增序（或降序）排列，计算数组中除第一个和最后一个分数以外的数的平均分。

4. 从键盘输入一数，然后在一个整型一维数组 a[20] 中，用折半查找法找出该数是数组中第几个元素的值。如果该数不在数组中，则打印 "No found"。

5. 编程打印如下图形。

```
    *
  *   *
 *     *
  *   *
    *
```

6. 有一电文，已按下列规律译成译码：

```
A→Z  a→z
B→Y  b→y
C→X  c→x
...  ...
```

即第一个字母变成第 26 个字母，第 i 个字母变成第$(26-i+1)$个字母，非字母字符不变。编写一个程序将密码译成原文，并输出密码和原文。

实验六　字符数组与字符串

一、目的与要求

1. 理解字符数组和字符串的概念。
2. 掌握字符数组的定义、初始、数组元素引用、输入/输出。
3. 掌握字符数组的处理。
4. 掌握常用字符串处理函数。

二、实验内容

1. 对键盘输入的字符串进行逆序，逆序后的字符串仍然保留在原来字符数组中，最后输出。（不得调用任何字符串处理函数，包括 strlen）

例如：输入 hello world　输出 dlrow olleh

2. 对键盘输入的两个字符串进行连接。（不得调用任何字符串处理函数，包括 strlen）

例如：输入 hello<CR>world<CR>，输出 helloworld

3. 对从键盘任意输入的字符串，将其中所有的大写字母改为小写字母，而所有小写字母改为大写字母，其他字符不变。（不得调用任何字符串处理函数）

例如：输入 Hello World!输出：hELLO wORLD!

4. 从键盘输入 4 个字符串（长度<20），存入二维字符数组中。然后对它们进行排序（假设由小到大顺序），最后输出排序后的 4 个字符串。（允许使用字符串函数）

提示：字符串比较可以用 strcmp 函数实现，排序方法可用选择法或冒泡法。

实验七　函数程序设计 （一）

一、目的与要求

1. 掌握 C 语言函数的定义方法、函数的声明及函数的调用方法。
2. 掌握主调函数和被调函数之间实参与形参的"值传递"和"地址传递"的参数传递方式的意义和方法。

二、实验内容

1. 分别编写求圆面积和圆周长的函数，另编写一主函数调用之，要求主函数能输入多个圆半径，且显示相应的圆面积和周长。

2. 编写一程序，把 M×N 矩阵 a 的元素逐列按降序排列。假设 M、N 不超过 10。分别编写求一维数组元素值最大和元素值最小的函数，主函数中初始化一个二维数组 a[10][10]，调用定义的两函数输出每行、每列的最大值和最小值。

3. 编写一判别素数的函数，在主函数中输入一个整数，输出该数是否为素数的信息。

4. 编写一个将两个字符串连接起来的函数(即实现 strcat 函数的功能)，两个字符串由主函数输入，连接后的字符串也由主函数输出。

实验八 函数程序设计 （二）

一、目的与要求

1. 掌握函数的嵌套调用和递归调用。
2. 理解变量的作用域概念，学习在程序中正确的定义和引用变量。

二、实验内容

1. 编制函数 fun，其功能是：删除一个字符串中指定的字符。

要求：原始字符串在主函数中输入，处理后的字符串在主函数中输出。

例如：输入 "I am a teacher,you are a student" 和 'e' 输出 "I am a tachr,you ar a studnt"。

2. 编制函数 sortstr，其功能是对多个字符串进行排序。

要求：欲排序的字符串在主函数中输入，排好序的字符串在主函数中输出。

3. 用函数递归方法以字符串形式输出一个整数。

4. 输入以秒为单位的一个时间值，将其转化成"时：分：秒"的形式输出。将转换工作定义成函数。

实验九 指针程序设计（一）

一、目的与要求

1. 理解和熟练掌握指针和指针变量。
2. 理解和熟练掌握指针的运算。
3. 熟练掌握通过指针操作一维数组中的元素的方法。
4. 熟练掌握通过指针操作字符串的方法。
5. 熟练掌握数组名作为函数参数的使用方法。

二、实验内容

1. 编写程序，输入一个十进制的正整数，将其对应的八进制数输出。

2. 用指针方法编写一个程序，输入 3 个字符串，将它们按由小到大的顺序输出。

3. 不使用额外的数组空间，将一个字符串按逆序重新存放。例如，原来的存放顺序是 "abcde"，现在改为 "edcba"。

4. 编写一个函数实现十进制到十六进制的转换。在主函数中输入十进制数并输出相应的十六进制数。

5. 有 n 个人围成一圈，顺序排号，从第 1 个人开始从 1 到 m 报数，凡数到 m 的人出列，问最后留下的是原来圈中第几号的人员。

6. 用指针的方法实现将明文加密变换成密文。变换规则如下：小写字母 z 变换成 a，其他字母变换成为该字的 ASCII 码顺序后 1 位的字母，比如 o 变换成为 p。

实验十 指针程序设计（二）

一、目的与要求

1. 掌握通过指针操作二维数组的方法。
2. 理解指向指针的指针及指针数组的概念。
3. 理解指针与函数间的关系。
4. 了解命令行参数的概念，学会运行带命令行参数的程序。

二、实验内容

1. 编写函数，对二维数组中的对角线内容求和并作为函数的返回值。
2. 编写一个函数，输入 n 为偶数时，调用函数求 1/2，1/4，…，1/n 的和，当输入 n 为奇数时，调用函数求 1/1，1/3，…，1/n 的和。
3. 编写程序，定义一个指针数组存放若干个字符串，再通过指向指针的指针访问它并输入各个字符串。
4. 编写程序，统计从键盘输入的命令行中第 2 个参数所包含的英文字符个数。

实验十一 结构与联合程序设计

一、目的与要求

1. 掌握结构体类型变量的定义与使用。
2. 掌握结构体类型数组的概念和应用。
3. 掌握链表的概念，初步学会对链表进行操作。
4. 掌握联合体的概念与使用。

二、实验内容

编写程序，然后上机调试运行。

1. 有 5 个学生，每个学生的数据包括学号、姓名和 3 门课的成绩，从键盘输入 10 个学生数据，要求打印出 3 门课总平均成绩，以及最高分的学生的数据(包括学号、姓名、3 门课的成绩和平均分数)。

要求用 input 函数输入 10 个学生数据；用 average 函数求总平均分；用 max 函数找出最高分

的学生数据；总平均分和最高分学生的数据都在主函数中输出。

2. 设有 N 名考生，每个考生的数据包括考生号、姓名、性别和成绩，编写一程序，要求用指针方法找出女性考生中成绩最好的考生并输出。

3. 利用结构体类型建立一个链表，每个结点包括成员项为：职工号、工资和连接指针，要求编程完成以下功能。

（1）从键盘输入各结点的数据，然后将各结点的数据打印输出。

（2）插入一个职工的结点数据，按职工号的顺序插入在链表中。

（3）从上述链表中，删除一个指定职工号的结点。

4. 13 个人围成一圈，从第一个人开始顺序报号 1、2、3，凡报到"3"者退出圈子，找出最后留在圈子中的人原来的序号。

实验十二　预处理和标准函数

一、目的与要求

1. 掌握宏定义和文件包含的使用方法。

2. 熟练掌握格式输入和输出的方法。

3. 掌握 putchar 和 getchar 函数的调用方法。

二、实验内容

1. 定义一个判断某年 year 是否为闰年的宏，设计主函数调用之。

2. 编写一个程序，将用户输入的一个字符串中大小写字母互换，即大写字母转换为小写字母，小写字母转换为大写字母。要求定义判断是大写、小写字母的宏以及大小写相互转换的宏。

3. 设有变量 a=3、b=4、c=5、d=1.2、e=2.23、f=-43.56，编写程序输入这些变量的值，并使程序输出为：

a=□□3,b=4□□□,c=**5

d=1.2

e=□□2.23

f=-43.5600□□**

（其中□表示空格）

实验十三　文件

一、目的与要求

1. 掌握文件以及缓冲文件系统、文件指针的概念。

2. 掌握文件打开、关闭、读、写等文件操作函数。

3. 了解用缓冲文件系统对文件进行简单的操作。

二、实验内容

1. 有 5 个学生，每个学生有 3 门课的成绩，从键盘输入以上数据（包括学生号、姓名和 3 门课成绩），计算出平均成绩，将原始数据和计算出的平均分数存放在磁盘文件"stud"中。

2. 将上题"stud"文件中的学生数据，按平均分进行排序处理，将已排序的学生数据存入一个新文件"stu_sort"中。

3. 将上题已排好序的学生成绩文件进行插入处理，插入一个学生的 3 门课成绩。程序先计算新插入学生的平均成绩，然后将它按成绩高低顺序插入，插入后建立一个新文件。

对上题的学生原有数据为

91101	Wang	89,98,67.5
91103	Li	60,80.90
91106	Fun	75.5,91.5,99
91110	Ling	100,50,62.5
91113	Yuan	58,68,71

要插入的学生数据为：

91108	Xin	90,95,60

实验十四　数据结构和数据抽象

一、目的与要求

1. 了解数据结构和数据抽象的概念。
2. 了解顺序表的特点及其基本操作。
3. 了解堆栈的特点及其基本操作。
4. 了解队列的特点及其基本操作。

二、实验内容

1. 已知线性表中的元素以递增的顺序排列并以数组作存储结构，试编写算法，删除表中所有值大于 mink 且小于 maxk 的元素（mink 和 maxk 是给定的两个参数）。

2. 从键盘输入以"@"作为结束标志的字符串，设计一个算法，利用栈的基本操作将字符串逆序输出。

3. 试设计算法：求出循环队列中当前元素的个数。